Elizabeth Cleghorn Gaskell

Frauen und Töchter

Eine Alltagsgeschichte

Elizabeth Cleghorn Gaskell

Frauen und Töchter
Eine Alltagsgeschichte

ISBN/EAN: 9783743459359

Hergestellt in Europa, USA, Kanada, Australien, Japan

Cover: Foto ©Andreas Hilbeck / pixelio.de

Manufactured and distributed by brebook publishing software (www.brebook.com)

Elizabeth Cleghorn Gaskell

Frauen und Töchter

Frauen und Töchter.

Eine Alltagsgeschichte

von

Mrs. Gaskell.

Aus dem Englischen übersetzt

von

August Kretzschmar.

Fünfter Band.

Berlin, 1867.
Verlag von Otto Janke.

Erstes Kapitel.

Die Wolken ziehen sich zusammen.

Mistreß Gibson kam mit einer förmlichen Ladung rosenfarbener Berichte von London zurück. Lady Cumnor war gnädig und liebreich und ganz gerührt gewesen, daß die ehemalige Gouvernante sie so bald nach ihrer Wiederankunft in England besuchte; Lady Harriet hatte sich, wie immer, höchst freundlich und liebenswürdig, und Lord Cumnor, ebenfalls wie immer, bieder, einfach und herzlich gezeigt.

Was die Kirkpatricks betraf, so konnte es sicherlich in dem Hause des Lordkanzlers selbst nicht großartiger hergehen als in dem ihrigen, und das seidene Amtsgewand des königlichen Fiscals hatte auch seinem männlichen und weiblichen Dienstpersonal eine gewisse officielle Würde verliehen.

Cynthia war sehr bewundert worden, und Mistreß Kirkpatrick hatte sie mit Balltoiletten, Schmuck-

sachen, schönen Hüten und Mantillen förmlich und
nach Art einer feenhaften Pathe überschüttet. Mr.
Gibson's armseliges Geschenk von zehn Pfund
schrumpfte dieser gewaltigen Freigebigkeit gegenüber
zu sehr geringen Dimensionen zusammen.

„Man hat sie herzlich lieb gewonnen, so daß ich
nicht weiß, wann wir sie wieder bei uns sehen
werden," sagte Mistreß Gibson zum Schlusse. „Und
nun, Molly, wie hast Du denn mit Papa mittler=
weile die Zeit zugebracht? Sehr froh und heiter,
wie sich aus Deinem Briefe schließen läßt. In
London hatte ich keine Zeit, ihn zu lesen, deshalb
steckte ich ihn in die Tasche und las ihn unterwegs
auf der Rückreise. Aber, mein liebes Kind, Du
siehst in Deinem engen Kleide und mit Deinen
Locken sehr altmodisch aus. Locken werden jetzt gar
nicht mehr getragen. Wir müssen Dein Haar anders
machen," fuhr sie fort, indem sie Molly's schwarze
Locken glatt zu streichen suchte.

„Ich habe Cynthia einen aus Afrika an sie ein=
gegangenen Brief zugesendet," sagte Molly schüchtern.
„Hörtest Du vielleicht, was darin stand?"

„Ja wohl; die arme Cynthia! Sie ward da=
durch in große Unruhe versetzt und erklärte, sie
fühle sich nicht aufgelegt, zu Mr. Rawson's Ball
zu gehen, der an diesem Abend sein sollte, und zu
welchem Mistreß Kirkpatrick ihr eben die Balltoilette
geschenkt hatte. Im Grunde genommen hatte sie
jedoch gar keinen Grund, ängstlich zu sein. Roger

schrieb blos, er habe wieder einen Fieberanfall ge=
habt, doch sei er bereits entschieden auf dem Wege
der Besserung. Er sagt, jeder Europäer müsse in
dem Theile Abyssiniens, wo er ist, ein solches Ac=
climatisationsfieber, wie er es nennt, durchmachen."

„Und ging Cynthia dennoch auf den Ball?"
fragte Molly.

„Ja wohl, versteht sich. Sie ist ja noch nicht
wirklich verlobt, und wenn sie es auch wäre, so ist
ja noch nichts öffentlich bekannt gemacht. Denke
doch, wenn sie nun hätte sagen wollen: „Ein junger
Mann, den ich kenne, ist vor zwei Monaten in
Afrika einige Tage krank gewesen, und deshalb mag
ich heute Abend nicht auf den Ball gehen?" Das
würde sich sehr affectirt ausgenommen haben, und
wenn mir irgend etwas verhaßt ist, so ist es
Ziererei."

„Sie wird sich aber nicht sonderlich amüsirt
haben," bemerkte Molly.

„O doch! Ihr Ballkleid war von weißer Gaze,
mit Flieberblumen ausgeputzt, und sie sah wirklich
— einer Mutter kann man wohl ein wenig natür=
liche Parteilichkeit verzeihen — ganz reizend aus.
Sie tanzte auch jeden Tanz, obschon sie völlig fremd
war. Aus der Art und Weise, wie sie am nächst=
folgenden Morgen darüber sprach, mußte ich schlie=
ßen, daß sie sich wirklich ganz köstlich amüsirt
hatte."

„Ich möchte wissen, ob der Squire es weiß."

„Was soll er denn wissen? Wohl wegen Roger's? Wahrscheinlich weiß er es nicht, und wir brauchen es ihm auch nicht zu sagen, denn ich zweifle nicht, daß Alles in Ordnung ist."

Und mit diesen Worten verließ sie das Zimmer, um mit dem Auspacken ihrer Sachen fertig zu werden.

Molly ließ ihre Arbeit in den Schooß sinken und seufzte:

„Uebermorgen wird es ein Jahr, daß er hie= herkam, um uns zu der Waldpartie aufzufordern, und wo Mama so ärgerlich darüber war, daß er vor dem Imbiß kam. Ich möchte wissen, ob Cyn= thia sich dessen auch erinnert. Und jetzt vielleicht — o Roger, Roger! — wie innig bete ich zum Himmel, daß er Dich glücklich wieder heimkehren lasse! Wie könnten wir Alle es ertragen, wenn —"

Sie bedeckte sich das Gesicht mit den Händen und versuchte ihren Gedanken Einhalt zu thun. Plötzlich fuhr sie, wie von einem giftigen Thier gestochen, empor.

„Ich glaube, sie liebt ihn nicht so, wie sie sollte, sonst würde sie nicht einen Ball besucht und getanzt haben! Was soll ich aber beginnen, wenn sie ihn nicht liebt? Was soll ich beginnen? Alles könnte ich ertragen, nur nicht dies."

Sie fand die lange Ungewißheit in Bezug auf seinen Gesundheitszustand sehr schwer zu ertragen. Wahrscheinlich verging wenigstens ein Monat, ehe

man wieder von ihm hörte, und noch vor Ablauf
dieses Zeitraums war Cynthia jedenfalls wieder zu
Hause. Auch sehnte sich Molly nach ihr, ehe noch
vierzehn Tage nach ihrem Weggange verflossen waren.
Sie hatte nicht geglaubt, daß immerwährendes Allein=
sein mit ihrer Stiefmama so langweilig sein könne,
wie sie es fand.

Vielleicht machte Molly's schwächlicher Gesund=
heitszustand, der eine Folge ihres schnellen Wachsens
während der letzten Monate war, sie ein wenig
reizbar, denn oft mußte sie geradezu aufstehen und
das Zimmer verlassen, nachdem sie eine lange Reihen=
folge von Worten angehört, deren Ton häufiger
klagend oder unzufrieden als heiter war, und die
am Ende doch keinen klaren Begriff von den Ge=
danken oder Gefühlen der Sprechenden gaben.

So oft etwas nicht nach ihrem Wunsch ging;
so oft Mr. Gibson kaltblütig bei etwas beharrte,
was sie nicht so haben wollte; so oft die Köchin in
Bezug auf das Diner einen Fehlgriff begangen,
oder das Hausmädchen etwas zerbrochen hatte; so
oft Molly's Haar nicht nach ihrem Geschmack ge=
ordnet war, oder ihr Kleid ihr nicht stand, oder
wenn der Küchengeruch sich im Hause bemerkbar
machte, oder wenn die unrechten Leute auf Be=
such kamen, oder die rechten ausblieben — kurz,
wenn irgend etwas schief ging, ward der „gute,
selige Kirkpatrick“ betrauert, ja fast getadelt, als ob
er, wenn er sich nur die Mühe genommen, weiter

zu leben, seinen Tod recht wohl hätte verhindern
können.

„Wenn ich auf jene glücklichen Tage zurück-
blicke," pflegte sie bei diesen Gelegenheiten zu
sagen, „ist es mir, als hätte ich dieselben nicht
nach Gebühr geschätzt. Wir waren jung, wir liebten
einander, und aus der Armuth machten wir uns
nichts. Ich entsinne mich noch, wie er einmal zu
Fuße fünf Meilen weit nach Stratford ging, um
mir eine Waffel zu kaufen, weil ich kurz nach
Cynthia's Geburt so großen Appetit darnach hatte.
Es ist durchaus nicht meine Absicht, mich über
Deinen guten Papa zu beklagen, Molly; ich glaube
aber nicht — doch gegen Dich darf ich mich wohl
nicht aussprechen. Wenn der gute selige Kirkpatrick
sich nur wegen seines Hustens mehr in Acht genommen hätte; aber er war gar so eigensinnig!
Die Männer sind dies stets, glaube ich. Es war
auch in der That etwas egoistisch von ihm, nicht
die verlassene, hülflose Lage in's Auge zu fassen,
in welche sein Hinscheiden mich versetzen mußte.
Mir ward diese Lage schwerer zu ertragen, als
den meisten anderen Menschen, denn mein Gemüth
ist stets ein so überaus liebevolles und empfind-
sames gewesen. Ich entsinne mich noch eines kleinen
Gedichts, welches er einmal auf mich gemacht, und
worin er mein Herz mit einer Harfensaite verglich,
die, um zu ertönen, nur von dem leisesten Luftzuge
berührt zu werden brauchte."

„Ich habe aber immer geglaubt, es gehöre ein ziemlich starker Finger dazu, um Harfensaiten erklingen zu machen," sagte Molly.

„Mein liebes Kind, Du bist eben so unpoetisch wie Dein Vater, und wie heute wieder einmal Dein Haar aussieht! Kannst Du es denn nicht tüchtig mit Wasser benetzen, damit es sich nicht auf so unangenehme Weise lockt und kräuselt?"

„Wenn ich es naß mache, so lockt es sich, so bald es dann wieder trocken wird, nur um so mehr," sagte Molly, indem ihr plötzlich die Thränen in die Augen traten, denn es tauchte in ihr eine Erinnerung auf, gleich einem Bild, welches sie vor langen Jahren gesehen und seitdem vergessen. Es war das Bild einer jungen Mutter, die ihr kleines Mädchen wusch und ankleidete, den halbnackten Liebling auf ihr Knie setzte, sich die nassen Ringe dunklen Haars liebend um die Finger wickelte und dann mit überwallender Zärtlichkeit den kleinen Locken- kopf küßte. —

Cynthia's Briefe waren, so oft einer eintraf, allemal sehr angenehme Ereignisse. Sie schrieb nicht oft; wenn sie es aber that, so waren ihre Briefe ziemlich lang und in sehr munterm, leb- haftem Tone gehalten. Es kamen darin fortwährend eine Menge neue Namen vor, bei welchen Molly nichts denken konnte, obschon Mistreß Gibson sie durch laufende Commentare aufzuklären suchte. So hieß es z. B.:

„Mistreß Green! Ach ja, das ist Mr. Jones'
Cousine, die mit ihrem dicken Manne in Russell
Square wohnt. Sie haben Equipage, aber doch
weiß ich nicht ganz gewiß, ob nicht Mr. Green
der Cousin von Mistreß Jones ist. Wir können
ja Cynthia fragen, wenn sie nach Hause kommt.
Mr. Henderson! Ja wohl, das ist ein junger Mann
mit schwarzem Backenbart, ein früherer Schüler
von Mr. Kirkpatrick, wenn er nicht etwa einer von
Mr. Murray gewesen ist. Ich weiß nur, daß man
sagte, er habe bei Jemandem juristische Studien
gemacht. Ja, ja, das sind die Leute, welche am
Tage nach Mr. Rawson's Ball ihre Aufwartung
machten und Cynthia so bewunderten, ohne zu
wissen, daß ich ihre Mutter war. Die Dame war
sehr schön in schwarzen Atlas gekleidet, und der
Sohn hatte ein Glasauge, aber er ist ein junger
Mann mit ansehnlichem Vermögen. Coleman! Rich=
tig, so war der Name."

Von Roger hörte man nicht eher wieder, als
einige Zeit nachdem Cynthia von ihrem Besuch
in London zurückgekehrt war. Sie sah frischer und
hübscher aus als je, war, Dank ihrem eigenen guten
Geschmack und der Freigebigkeit ihrer Tante, sehr
schön gekleidet und wußte eine Menge amüsante
Einzelheiten in Bezug auf das flotte Leben zu er=
zählen, welches sie genossen, obschon sie sich ohne
große Ueberwindung davon losgerissen zu haben
schien.

Sie brachte eine Menge niebliche Sächelchen für Molly mit — ein Halsband von der neuesten Façon, einen Pelerinenschnitt, ein feines Paar Handschuhe, wunderschön gestickt, wie Molly es noch nie gesehen, und viele andere kleine Beweise, daß sie in ihrer Abwesenheit an sie gedacht hatte.

Dennoch aber fühlte Molly, daß Cynthia sich ihr gegenüber verändert hatte. Molly wußte allerdings, daß sie Cynthia's volles Vertrauen niemals besessen, denn bei all' ihrer anscheinenden Freimüthigkeit und Naivetät war Cynthia doch außerordentlich vorsichtig und zurückhaltend. Sie wußte das auch selbst recht gut und hatte im Gespräch mit Molly oft darüber gelacht, während letztere sich nun von der Wahrheit der Versicherung ihrer Freundin überzeugt hatte. Molly machte sich indessen keine große Sorge darüber. Auch sie wußte, daß viele Gedanken und Gefühle sich in ihr regten, welche es ihr nicht einfallen konnte irgend Jemandem anzuvertrauen, ausgenommen vielleicht ihrem Vater, wenn sie häufig mit demselben allein gewesen wäre.

Sie wußte, daß Cynthia ihr nicht blos Gedanken und Gefühle vorenthielt, sondern daß sie ihr auch Thatsachen verschwieg. Diese Thatsachen konnten jedoch, wie Molly wohl bedachte, Einzelheiten in Bezug auf Kampf und Leiden in sich schließen; sie konnten sich auf die Nachlässigkeit ihrer Mutter beziehen und im Grunde genommen von so pein-

licher Art sein, daß es gut war, wenn Cynthia
ihre Kindheit ganz vergessen konnte, anstatt dieselbe
durch Erzählung ihrer Mühseligkeiten und Be=
drängnisse in ihrer Erinnerung zu fixiren.

Molly fühlte sich jetzt nicht etwa durch Mangel
an Vertrauen ihrer Schwester ein wenig entfrem=
det, sondern weil Cynthia ihre Gesellschaft mehr
mied als suchte, weil ihre Augen den geraden, ern=
sten liebenden Blick Molly's scheuten, weil es ge=
wisse Gegenstände gab, über welche sie augenschein=
lich nicht gern sprach, und die, so weit Molly bemerken
konnte, nicht gerade interessante Dinge waren,
wohl aber den Uebergang zu Punkten zu bilden
schienen, die sie eben zu vermeiden wünschte.

Molly empfand einen gewissen Grad wehmüthi=
ger Freude, als sie die veränderte Weise bemerkte,
in welcher Cynthia jetzt über Roger sprach. Sie sprach
von ihm jetzt in zärtlichem Tone. Sie nannte ihn
jetzt den „armen Roger," und Molly glaubte, dies
habe seinen Grund in der Krankheit, welche er in
seinem letzten Briefe erwähnt.

Eines Morgens in der ersten Woche nach Cyn=
thia's Rückkehr kam Mr. Gibson, der eben im Be=
griff stand auszureiten, gestiefelt und gespornt in
das Gesellschaftszimmer hinauf, legte eine aufge=
schlagene Broschüre vor Cynthia auf den Tisch,
deutete mit dem Finger auf eine besondere Stelle
und verließ dann, ohne ein Wort zu sprechen, rasch
wieder das Zimmer. Seine Augen funkelten und

der Ausdruck derselben verrieth Triumph und Freude.

Molly bemerkte alles dies, ebenso Cynthia's plötzliches Erröthen, während sie die ihr angedeutete Stelle las. Als sie gelesen, schob sie das Buch, ohne es zuzumachen, ein wenig auf die Seite und fuhr in ihrer Arbeit weiter fort.

„Was ist es? Darf ich es sehen?" fragte Molly, indem sie die Hand nach der Broschüre ausstreckte, die so lag, daß sie dieselbe erreichen konnte. Dennoch aber griff sie nicht eher darnach, als bis Cynthia gesagt hatte:

„Ja wohl. In wissenschaftlichen Journalen, die fast weiter nichts enthalten, als Berichte über stattgehabte Versammlungen, sind keine großen Geheimnisse zu finden."

Mit diesen Worten schob sie das Buch Molly noch ein wenig näher.

„O Cynthia!" sagte Molly, indem sie fast mit verhaltenem Athem las, „fühlst Du Dich nicht stolz?"

Es war der Bericht über die Jahresversammlung der Geographischen Gesellschaft, und Lord Hollingford hatte einen Brief vorgelesen, den er von Roger Hamley erhalten. Dieser Brief war von Arracuoba datirt, einem District in Afrika, der bis jetzt noch von keinem intelligenten europäischen Reisenden besucht worden, und worüber Mr. Hamley eine Menge interessante Einzelheiten mittheilte.

Das Vorlesen dieses Briefes war mit dem größten
Interesse aufgenommen worden, und mehrere Mit=
glieder der Versammlung hatten sich darauf über
den Verfasser in höchst anerkennender und schmei=
chelhafter Weise ausgesprochen.

Molly hätte jedoch Cynthia besser kennen und
eine den Gefühlen, durch welche sie zu dieser Frage
bewogen ward, entsprechende Antwort nicht erwar=
ten sollen. Mochte Cynthia noch so stolz, erfreut,
dankbar oder auch sogar entrüstet, bekümmert oder
traurig sein, so wäre doch schon der Umstand, daß
jemand Anders eine Kundgebung der Gemüths=
gungen von ihr erwartete, hinreichend gewesen, um
sie abzuhalten, dieselben zu Tage treten zu lassen.

„Ich fürchte, daß die Sache auf mich nicht den=
selben Eindruck gemacht hat wie auf Dich, Molly.
Ueberdies ist sie für mich auch nicht neu, wenigstens
nicht ganz. Ich hörte von dieser Versammlung,
ehe ich von London abreiste. Unter den Bekannten
meines Onkels ward viel davon gesprochen. Aller=
dings hörte ich von diesen nicht alle die schönen
Dinge, die man hier von Roger sagt, aber Du
mußt wissen, daß dies auch zuweilen bloße Redens=
arten sind, die nichts zu bedeuten haben. Wenn
ein Lord sich die Mühe nimmt, einen seiner Briefe
vorzulesen, so muß man ihm dafür auch einige
Complimente sagen.“

„O Cynthia!“ rief Molly. „Ganz gewiß glaubst
Du das, was Du da sagst, selbst nicht.“

Cynthia zuckte in ihrer eigenthümlich hübschen
Weise die Achseln, richtete die Augen aber nicht
von ihrer Näherei empor.

Molly begann den Bericht noch einmal durch=
zulesen.

„Aber, Cynthia," rief sie plötzlich, „Du hättest
ja auch dabei sein können! Es sind Damen dort
gewesen. Hier steht ausdrücklich: „Es wohnten
auch viele Damen der Versammlung bei." Wäre
es Dir nicht möglich gewesen, hinzugehen? Wenn
die Bekannten Deines Onkels sich für dergleichen
Dinge interessiren, würde Dich nicht einer der=
selben mitgenommen haben?"

„Das wäre wohl möglich gewesen, wenn ich sie
darum gebeten hätte. Ich glaube aber, diese Herren
würden sich über mein plötzliches Interesse für die
Wissenschaft ein wenig gewundert haben."

„Du hättest Deinem Onkel ja sagen können,
wie die Sache eigentlich stand. Ich bin überzeugt,
wenn Du es nicht gewünscht hättest, so würde er
auch weiter nicht darüber gesprochen haben, son=
dern Dir blos in der angemessenen Weise behülf=
lich gewesen sein."

„Ein= für allemal, Molly," sagte Cynthia, in=
dem sie ihre Arbeit in den Schooß sinken ließ und
einen hastigen, gebieterischen Ton annahm, „ein=
für allemal muß ich Dir erklären, daß es gleich
von Anfang an mein Wunsch gewesen und noch ist,
das Verhältniß, in welchem Roger und ich zu ein=

anber stehen, weber besprochen, noch sonst erwähnt
zu hören. Wenn die rechte Zeit bazu gekommen
ist, werbe ich meinen Onkel unb Alle, bie es sonst
angeht, bavon unterrichten; aber ich will nicht
baburch, baß ich bie Sache vor ber Zeit bekannt
werben lasse, Unheil anrichten ober mich in Ver=
legenheit bringen. Drängt man mich aber, so trete
ich lieber ganz zurück unb mag mit ber Sache nichts
mehr zu thun haben. Ich kann bann nicht schlim=
mer baran sein, als ich es jetzt bin.“

Der zornige Ton, in welchem Cynthia biese
Worte sprach, ging zuletzt in einen wehmüthigen
unb klagenben über. Molly sah sie erschreckt an
unb sagte enblich:

„Ich verstehe Dich nicht, Cynthia.“

„Das kannst Du auch nicht,“ entgegnete Cyn=
thia, inbem sie ihre Schwester mit Thränen in ben
Augen unb sehr zärtlich ansah, als ob sie ihre
Heftigkeit baburch wieber gut zu machen wünschte.
„Ich fürchte, ober vielmehr ich hoffe, baß Du mich
niemals verstehen mögest.“

Molly schloß sie in ihre Arme.

„O Cynthia,“ murmelte sie, „ich habe Dich ge=
quält, ich habe Dich beunruhigt; aber sage nicht, es
sei Dir erwünscht, von mir nicht näher gekannt zu
werben. Natürlich hast Du Deine Fehler, biese
hat aber ein Jeber; ich glaube jeboch, baß ich Dich
beshalb nur um so mehr liebe.“

„Ach, gar so entsetzlich schlecht bin ich auch

nicht," entgegnete Cynthia, durch Thränen lächelnd, welche Molly's Worte und Liebkosungen ihren Augen entlockt. „Ich habe mich in gewisse Verlegenheiten verwickelt, ich glaube aber, ich werde aus denselben auch nie ganz herauskommen, und wenn dieselben bekannt werden, so werde ich schlimmer erscheinen, als ich wirklich bin. Ich weiß, Dein Vater würde sich dann von mir abwenden, und Du — doch nein, von Dir fürchte ich nicht, daß Du es thun werdest."

„Nein, ganz gewiß werde ich es nicht thun. Was glaubst Du aber, was Roger zu diesen mir unbekannten Dingen sagen würde?" fragte Molly sehr schüchtern.

„Das weiß ich nicht. Ich hoffe, daß er nie etwas davon erfahren wird. Ich sehe auch nicht ein, warum dies der Fall sein sollte, denn in einer kleinen Weile werde ich mich wieder vollkommen frei gemacht haben. Ich bin hinein gerathen, ohne daran zu denken, daß ich etwas Unrechtes thäte. Ich hätte große Lust, Dir die ganze Geschichte zu erzählen, Molly."

Molly wollte nicht gern in Cynthia bringen, obschon sie sehr wünschte, zu erfahren, um was es sich eigentlich handelte, und ob sie vielleicht nützlich und hülfreich sein könnte. Während aber Cynthia noch zögerte und vielleicht, die Wahrheit zu gestehen, schon bedauerte, daß sie selbst diesen kurzen annähernden Schritt zu einer vertraulichen Mit-

theilung gethan, trat Mistreß Gibson ein und be=
gann ein eifriges Gespräch wegen eines ihrer Klei=
der, welches sie nach einer Weise umgeändert zu
sehen wünschte, die sie während ihres Besuchs in
London bewundert. Cynthia schien ihre Thränen
und Kümmernisse sofort zu vergessen und ging mit
Eifer und Interesse auf den von ihrer Mutter an=
geregten Gegenstand ein.

Mit ihren Verwandten in London unterhielt
sie einen ziemlich lebhaften Briefwechsel, natürlich
nach dem Maßstabe, der für die damaligen Ver=
hältnisse geltend war. Mistreß Gibson war sogar
zuweilen geneigt, über die vielen Briefe, welche
Helene Kirkpatrick schrieb, Klage zu führen, denn
damals war die Penny=Post noch nicht eingeführt,
das Porto mußte von dem Empfänger bezahlt wer=
den, und dreimal 11½ Pence die Woche machte
nach Mistreß Gibson's Berechnung eine Summe
von drei bis vier Shilling aus.

Diese Beschwerden wurden aber nur im häus=
lichen Kreise laut, dieser bekam die Sache von der
Schattenseite zu sehen; Hollingford im Allgemeinen
und die Schwestern Browning im Besondern hör=
ten dagegen von der „enthusiastischen Freundschaft"
der lieben Helene gegen Cynthia und dem „wirk=
lichen Vergnügen," welches Cynthia darin fand,
so fortwährend Neuigkeiten unmittelbar aus Lon=
don zu erfahren. Es war ja beinahe so gut, als
wohnte man selbst dort.

„Noch viel besser ist es, sollte ich meinen," sagte die ältere Miß Browning in strengerem Tone. Sie hatte viele ihrer Ansichten über die Hauptstadt aus Büchern und Abhandlungen geschöpft, in welchen London als der Pfuhl aller Laster und als ein Ort geschildert ward, in welchem unschuldige Frauen und Mädchen aus der Provinz nur verdorben und durch den fortwährenden Strudel nicht immer harm= loser Vergnügungen und Zerstreuungen zu Er= füllung ihrer Pflichten untauglich gemacht würden.

London war eine Art moralisches Pech, welches man nicht gut angreifen konnte, ohne sich zu be= sudeln. Deßhalb hatte Miß Browning auch wohl genau Acht gegeben, ob sie an Cynthia's Charakter seit ihrer Rückkehr nicht ungünstige Symptome be= merkte. Dennoch aber hatte sie keine Veränderung zum Schlimmeren an ihr zu entdecken vermocht. Cynthia war „in der Welt" gewesen, hatte den eiteln Glanz und die blendende Pracht Londons gesehen, war aber, nach Hollingford zurückgekehrt, noch eben so bereit als früher, für Miß Sally einen Stuhl herbeizuholen und für Miß Phöbe einen Blumenstrauß zu pflücken, oder sich ihre eigenen Kleider zu repariren. Dies Alles ward jedoch blos Cynthia, aber keineswegs der frivolen Hauptstadt zum Verdienst angerechnet.

„In so weit ich London beurtheilen kann," sagte Miß Sally, indem sie in ihrer salbungsvollen Weise ihre Tirade gegen die Metropole fortsetzte,

„so kommt es mir vor, wie ein mit der ehrlichen
Leuten abgenommenen Beute herausgeputzter Beutel=
schneider oder Straßenräuber. Ich möchte wissen,
wo Mylord Hollingford und Mr. Roger Hamley
erzogen worden sind. Mr. Gibson lieh mir den
Bericht, worin so viel von diesen beiden Herren
gesagt ward, und er war auf dieses Lob so stolz,
als ob es Verwandten von ihm gegolten hätte.
Phöbe las es mir vor, denn der Druck war für
meine Augen zu klein. Die vielen fremden Orts=
namen machten ihr ein wenig zu schaffen, aber ich
sagte, sie solle dieselben nur überspringen, denn
wir hätten zeither nie etwas von jenen Orten ge=
hört und würden wahrscheinlich auch nie wieder
etwas davon hören. Wohl aber las sie die schönen
Dinge, die über Mylord und Mr. Roger gesagt
wurden, und ich frage Sie deshalb, Mistreß Gib=
son, wo sind diese beiden Männer geboren und
erzogen worden? Nirgends wo anders als inner=
halb acht Meilen von Hollingford! Eben so gut
hätte es Molly hier oder ich sein können — es ist
ein purer Zufall! Und da spricht man ein Langes
und Breites von den Annehmlichkeiten der intelli=
genten Gesellschaft Londons und von den ausge=
zeichneten Leuten, deren Bekanntschaft angeblich von
so großem Nutzen ist, während ich doch weiß, daß
es blos die Kaufläden und die Theater sind, wes=
halb man hingeht. Doch das gehört weder hieher
noch dorthin. Jeder Krämer lobt seine Waare,

und wenn wir einen Grund anzuführen wissen,
der leiblich vernünftig klingt, so machen wir eine
Menge Wesens davon, schweigen aber von der Thor=
heit, die wir in unser Herz geschlossen haben,
mäuschenstill. Ich frage Sie nochmals: Wo kom=
men diese fein gebildeten Leute, diese gelehrten
Männer, diese berühmten Reisenden her? Aus der
Provinz! London hält sie blos fest, putzt sich
damit heraus und ruft dann den Leuten, die es
bestohlen hat, zu: „Kommt her und seht, wie schön
ich bin!". Ja, schön, das muß ich sagen! Ich
hasse dieses London. Für Cynthia ist es viel besser,
daß sie nicht mehr dort ist, und wenn ich an Ihrer
Stelle wäre, Mistreß Gibson, so würde ich dieser
Correspondenz zwischen hier und dort einen Riegel
vorschieben. Dieselbe kann für Ihre Tochter nur
nachtheilig sein."

„Wer weiß aber, ob Cynthia nicht später ein=
mal selbst in London wohnt, meine liebe Miß
Browning," sagte Mistreß Gibson lächelnd und
selbstgefällig.

„Nun dann ist es noch vollauf Zeit, an London
zu denken. Ich wünschte ihr lieber einen recht=
schaffenen Mann in der Provinz, der sein gutes Aus=
kommen hat, dabei noch etwas sparen kann und in
gutem Rufe steht. Merke Dir das, Molly," fuhr
die ältere Miß Browning fort, indem sie sich rasch
nach der darüber förmlich erschrockenen Molly herum=
drehte. „Ich wünsche Cynthia einen Mann von

2*

gutem Rufe. Sie hat aber noch ihre Mutter, die
für sie sorgen kann. Du dagegen hast keine, und
als Deine Mutter noch lebte, war sie eine sehr in=
time Freundin von mir. Deshalb werde ich nicht
zugeben, daß Du Dich an Jemanden wegwerfest,
dessen Leben und Wandel nicht so klar und durch=
sichtig ist wie Krystall. Darauf kannst Du Dich
verlassen!"

Dieser letzte Ausspruch fiel wie eine Bombe in
das kleine stille Gesellschaftszimmer hinein; mit
solcher Heftigkeit gab die Sprechende ihn von sich.
Miß Browning hatte die geheime Absicht, damit
eine Warnung gegen das vertraute Verhältniß aus=
zusprechen, in welchem, wie sie fürchtete, Molly zu
Mr. Preston stand. Da Molly aber an ein solches
nie im Traume gedacht, so konnte sie sich auch kei=
nen Grund denken, aus welchem in so strengem
Tone mit ihr gesprochen würde.

Mistreß Gibson, welche Alles, was gesprochen
ward, bei dem Punkte aufnahm, der sie selbst be=
rührte — sie nannte dies ihre sensitive Natur —
brach das Schweigen, welches auf Miß Browning's
Worte folgte, indem sie in wehmüthigem Tone
sagte:

„Ich bin überzeugt, Miß Browning, daß Sie
sich irren, wenn Sie glauben, daß irgend eine
leibliche Mutter für Molly besorgter sein könne,
als ich es bin. Ich glaube nicht und kann nicht
glauben, daß irgend Jemand sich einzumischen

braucht, um ihr den nöthigen Schutz angedeihen zu
laſſen, und ich kann mir nicht denken, weshalb Sie
auf dieſe Weiſe ſprechen, gerade als ob wir Alle
im Unrecht und Sie allein im Rechte wären. So
etwas verletzt mein Gefühl, denn Molly kann
Ihnen ſelbſt ſagen, daß Cynthia keine Begünſti=
gung genießt, die nicht auch ihr zu Theil wird.
Wenn Sie etwa glauben, es werde nicht Sorge
genug für ſie getragen, ſo kann ich Ihnen blos
verſichern, daß, wenn ſie morgen nach London ginge,
ich es mir nicht nehmen laſſen würde, ſie zu be=
gleiten und vor allem Unheil zu bewahren. Ich
habe das nicht einmal für Cynthia gethan, als die=
ſelbe nach Frankreich reiſte und wieder zurückkam.
Molly's Schlafzimmer iſt ganz ebenſo ausgeſtattet
wie das Cynthia's. Ich laſſe ſie meinen rothen
Shawl tragen, ſo oft ſie Luſt hat, und ſie könnte
ihn noch öfter bekommen, wenn ſie wollte. Ich
kann mir daher nicht denken, was Sie meinen,
Miß Browning!"

„Es war durchaus nicht meine Abſicht, Sie zu
beleidigen, Miſtreß Gibſon. Ich wollte Molly
blos einen Wink geben. Sie verſteht ſchon, was
ich meine."

„Nein, ich verſtehe es durchaus nicht," entgeg=
nete Molly muthig. „Ich habe keine Idee, was
Sie ſagen wollten, wenn Sie auf etwas Anderes
hindeuten, als was Sie mit dürren Worten er=
klärten, nämlich, daß Sie mich nicht einen Mann

heirathen zu sehen wünschen, der nicht in gutem
Rufe steht, und daß Sie als Freundin meiner seligen
Mutter mich auf jede in Ihrer Macht stehende Weise
abhalten würden, mich mit einem solchen Manne
zu vermählen. Ich denke aber gar nicht an's Hei=
rathen. Es ist gar nicht meine Absicht, einen Mann
zu nehmen. Aber wäre dies der Fall, und wäre
der Mann kein guter, so würde ich Ihnen nur
dankbar sein, wenn Sie mich vor demselben warnten."

„O bei der Warnung würde ich nicht stehen
bleiben, Molly! Ich würde, wenn es nöthig wäre,
selbst gegen das Aufgebot in der Kirche Einspruch
erheben," entgegnete Miß Browning, durch die klare,
durchsichtige Wahrheit dessen, was Molly gesagt,
halb überzeugt, denn letztere war allerdings feuer=
roth, hielt aber dabei, während sie sprach, ihre ruhi=
gen ernsten Blicke unverwandt auf Miß Browning's
Gesicht geheftet.

„Ja, thun Sie das."

„Gut, gut, ich will weiter nichts sagen," ent=
gegnete Miß Sally. „Es ist möglich, daß ich
mich geirrt habe. Wir wollen weiter nicht darüber
sprechen. Vergiß aber nicht, was ich gesagt, Molly;
es ist jedenfalls nichts Unrechtes. Es thut mir
leid, daß ich Sie verletzt habe, Mistreß Gibson.
Ich bin überzeugt, daß Sie Ihre Pflicht so gut
erfüllen, als man es von einer Stiefmutter erwar=
ten kann. Guten Morgen. Leben Sie wohl. Gott
behüte Sie."

Wenn Miß Browning glaubte, daß die Segens=
worte, mit welchen sie Abschied nahm, in dem Zim=
mer, welches sie verließ, den Frieden sichern würden,
so irrte sie sich sehr, denn kaum war sie hinaus,
so brach Mistreß Gibson los, indem sie rief:

„Ich erfüllte meine Pflicht nicht so gut, als
man es von einer Stiefmutter erwarten könnte!
Ich muß Dich sehr bitten, Molly, Dich künftig
nicht wieder so zu benehmen, daß Du mich dadurch
solchen Impertinenzen aussetzest, wie ich mir so=
eben von dieser Miß Browning habe sagen lassen
müssen."

„Ich weiß aber wirklich nicht, was sie bewog,
in dieser Weise zu sprechen, Mama," sagte Molly.

„Ich weiß es auch nicht und ich frage auch nicht
darnach. Wohl aber weiß ich, daß noch Niemand
in meiner Gegenwart und mir in's Gesicht ein Ur=
theil sich darüber angemaßt hat, auf welche Art
und Weise ich meine Pflicht erfülle. Die Pflicht
ist mir überhaupt etwas so Heiliges, daß nach mei=
ner Ansicht nur in der Kirche und an dergleichen
heiligen Stätten davon gesprochen werden darf,
aber nicht von einer Person, die mir einen ganz
gewöhnlichen Besuch macht, und wenn sie tausend=
mal eine intime Freundin Deiner verstorbenen
Mutter gewesen wäre. Als ob ich mich der Sorge
für Dich nicht ganz ebenso annähme wie für Cyn=
thia! Nur erst gestern traf ich, als ich in Cynthia's
Zimmer trat, sie bei der Lectüre eines Briefes, den

sie, als sie meiner ansichtig warb, rasch versteckte. Ich fragte sie nicht einmal, von wem der Brief wäre, während Du es mir ganz gewiß hättest sagen müssen."

Das war auch in der That sehr wahrscheinlich. Mistreß Gibson suchte jeden Conflict mit Cynthia zu vermeiden, weil sie wußte, daß sie selbst zuletzt am übelsten wegkäme, während Molly sich meisten= theils lieber fügte, als ihren eigenen Willen durch= zusetzen versuchte.

Gerade in diesem Augenblick trat Cynthia ein.

„Was giebt es?" fragte sie rasch, als sie sah, daß irgend etwas vorgefallen sein mußte.

„Nun, Molly hat etwas gethan, was dieser im= pertinenten Miß Browning Anlaß gegeben, mir eine Lection über meine Pflicht zu halten. Wenn Dein guter Vater noch lebte, Cynthia, so hätte sicherlich Niemand sich unterstanden, auf diese Weise mit mir zu sprechen. Ich suchte meine Pflicht so gut zu erfüllen, „wie man es von einer Stiefmutter verlangen könne;" so drückte diese Person sich aus."

Eine Anspielung auf ihren verstorbenen Vater benahm Cynthia allemal sofort die Lust, ironische Bemerkungen zu machen. Sie trat näher und fragte Molly, was es eigentlich gegeben.

„Miß Browning," antwortete Molly, die eben= falls nicht wenig aufgeregt war, „schien zu glauben, es sei wahrscheinlich, daß ich einen Mann heirathete, der nicht in gutem Rufe stünde."

„Du, Molly?" fragte Cynthia.

„Ja wohl. Sie äußerte dies schon früher ein=
mal gegen mich. Ich glaube, sie bildet sich ein,
Mr. Preston habe es auf mich abgesehen."

Cynthia setzte sich rasch nieder, und Molly fuhr
fort:

„Dabei meinte sie, Mama sei nicht besorgt ge=
nug um mich, und ich glaube, sie sprach wirklich
in einer Weise, die ein wenig verletzend war —"

„Nicht ein wenig, sondern sehr!" unterbrach sie
Mistreß Gibson, obschon sie durch Molly's Aner=
kennung der Gerechtigkeit ihrer Beschwerde ein we=
nig besänftigt ward.

„Aber wie hat sie auf diese Idee kommen kön=
nen?" fragte Cynthia sehr ruhig, indem sie ihre
Näharbeit zur Hand nahm.

„Das weiß ich nicht," sagte ihre Mutter, indem
sie diese Frage nach ihrer eigenen Weise beantwor=
tete. „Ich habe an Mr. Preston allerdings auch
dies und jenes auszusetzen; wenn er es aber ist,
den sie meinte, so muß ich erklären, daß er weit
angenehmer ist als sie, und daß ich ihn viel lieber
zu mir auf Besuch kommen sehe, als eine alte
Jungfer."

„Gewiß weiß ich durchaus nicht, ob sie Mr.
Preston meinte," sagte Molly; „ich vermuthe es
blos. Als Ihr Beide in London waret, sprach sie
auch von ihm. Ich glaubte, sie hatte etwas von
ihm und Dir, Cynthia, gehört."

Cynthia blickte, ohne daß ihre Mutter etwas davon bemerkte, zu Molly auf und gebot ihr, während die Zornesröthe auf ihren Wangen flammte, mit den Augen Schweigen. Molly schwieg auch sofort, ward aber nicht wenig durch die Ruhe überrascht, womit Cynthia fast unmittelbar darauf sagte:

„Du bildest Dir jedenfalls blos ein, daß sie Mr. Preston gemeint habe. Es wird daher am besten sein, wenn wir nicht weiter davon sprechen. Was den Rath betrifft, den sie Mama geben, Dich besser im Auge zu behalten, Molly, so bin ich bereit, für Dein gutes Benehmen zu bürgen, denn Mama und ich, wir wissen alle Beide, daß Du die Allerletzte wärest, von welcher thörichte Streiche in dieser Beziehung zu erwarten stünden. Und nun wollen wir nicht weiter darüber sprechen. Ich kam, um Dir zu sagen, daß Hannah's kleiner Knabe sich verbrannt hat, und daß seine Schwester unten ist und um alte Leinwand bittet."

Gegen arme Leute war Mistreß Gibson sehr wohlthätig. Sie stand daher auch jetzt sofort auf und ging, um unter ihren Vorräthen das Gewünschte herauszusuchen.

Sobald sie hinaus war, wendete Cynthia sich in ruhiger Weise an Molly, indem sie sagte:

„Ich bitte Dich, Molly, spiele nicht auf etwas zwischen mir und Mr. Preston an — weder gegen Mama, noch gegen sonst Jemanden. Thue dies ja

nicht; ich habe meinen Grund, weshalb ich diese
Bitte an Dich stelle. Sprich am liebsten gar nicht
davon."

In diesem Augenblick trat Mistreß Gibson wie=
der ein, und Molly konnte nichts entgegnen und
eben so wenig weiter etwas von Cynthia erfahren,
wenngleich sie nicht wußte, ob letztere ihr auch wirk=
lich etwas Weiteres mitgetheilt haben würde. Sie
wußte blos, daß Cynthia durch sie in wenn auch
nur vorübergehende Verlegenheit gesetzt worden.

Es rückte jedoch die Zeit heran, wo Molly Alles
erfahren sollte.

Zweites Kapitel.

Der Sturm bricht los.

Der Herbst verging. Die goldene Getreideernte war vorüber, ebenso wie die Spaziergänge über die Stoppelfelder und in den Haselgebüschen, wo man Nüsse suchte. Die Obstgärten waren unter dem lustigen Geschrei harrender Kinder ihrer rothbäckigen schmackhaften Früchte beraubt, und zugleich mit den kürzer werdenden Tagen hatte sich das prachtvolle tulpenartige Colorit des Spätherbstes eingestellt. Auf den Fluren herrschte Schweigen, und man hörte fast weiter nichts, als dann und wann einen Schuß in der Ferne und das Schwirren der Rebhühner, wenn dieselben von dem Felde aufstiegen. Seit Miß Browning's unglücklicher Conversation bewegte sich bei den Gibsons nichts mehr recht in dem gewohnten Gleise. Cynthia schien zurückhaltender zu sein als je und vermied besonders jedes Zwiegespräch mit Molly.

Mistreß Gibson, die immer noch Groll gegen Miß Browning hegte, weil sie beschuldigt worden, daß sie sich nicht genug um Molly bekümmere, übte jetzt eine Aufsicht über das arme Mädchen, die an's Ermüdende grenzte.

„Wo bist Du gewesen, Kind?" hieß es. „Wen hast Du gesprochen? Von wem war dieser Brief? Warum bist Du so lange geblieben, da Du doch schon zu dieser oder jener Stunde wieder da sein solltest?"

Diese Fragen wurden in einem Tone gestellt, als ob Molly wirklich auf Dingen ertappt worden wäre, welche das Licht zu scheuen hätten. Sie antwortete stets mit der einfachen Wahrheitsliebe der vollkommenen Unschuld. Dennoch aber und obschon sie den Beweggrund dieser Fragen kannte und wußte, daß dieselben nicht aus speciellem Mißtrauen gegen ihr Verhalten gestellt wurden, sondern nur, damit Mistreß Gibson im Stande wäre zu sagen, sie hielte ihre Stieftochter in scharfer Aufsicht, war ihr dieses fortwährende Controliren höchst unangenehm. Sehr oft ging sie lieber gar nicht aus, als daß sie erst ein förmliches Programm über das aufstellte, was sie zu sagen oder zu thun gedachte, denn dies wußte sie oft selbst nicht. Sie hatte blos Lust, sich nach ihrem eigenen unabhängigen Belieben ein wenig im Freien umher zu bewegen und sich an dem blendenden Glanze der scheidenden Jahreszeit zu ergötzen.

Es war jetzt überhaupt eine schwere Zeit für Molly. Die Würze des Lebens, der Frohsinn, war entwichen, und viele der früheren Genüsse glichen in ihren Augen jetzt tauben Schalen ohne Kern. Es war ihr, als sei ihre Jugend zu Ende, und doch zählte sie erst neunzehn Jahre!

Cynthia war nicht mehr dieselbe und so zurück= haltend, daß ihre Mutter im Vergleich zu ihr noch freundlich und mittheilsam zu nennen war, denn obschon sie Molly durch ihre übertriebene Beaufsich= tigung quälte, so war sie doch in jeder andern Be= ziehung gegen sie noch so wie früher. Cynthia schien mit geheimer Unruhe zu kämpfen, sprach sich aber gegen Molly nicht darüber aus.

Eines Tages trat Mr. Gibson rasch und lebhaft aufgeregt in's Zimmer.

„Molly," sagte er, „wo ist Cynthia?"

„Sie ist ausgegangen, um Einiges zu besorgen."

„Das ist schade, doch es macht weiter nichts aus. Setze rasch Deinen Hut auf und wirf Dei= nen Mantel um. Ich habe die Chaise des alten Simpson borgen müssen. Es wäre für Dich sowohl als auch für Cynthia gut gewesen, ein Stück mit= zufahren; jetzt werde ich Dich allein ein Stück auf der Barforder Straße mitnehmen; dann mußt Du absteigen, denn mit zu Breadhorst kann ich Dich nicht nehmen, da ich dort vielleicht stundenlang aufgehalten werde. Es ist fatal, das Cynthia nicht da ist, denn

Du mußt, dann allein die weite Strecke wieder nach
Hause gehen."

Miftreß Gibson war nicht im Zimmer, ja viel=
leicht gar nicht zu Hause, und Molly konnte also
nicht erst ihre Erlaubniß einholen. Sie fragte
auch, da ihr Vater ihr faft befohlen hatte, ihn zu be=
gleiten, gar nicht weiter darnach. Ehe zwei Minu=
ten vergingen, hatte sie ihren Hut aufgesetzt, ihren
Mantel umgeworfen und saß neben ihrem Vater,
während der leichte Wagen rasch und luftig durch die
gepflasterten Heckenwege hindurch polterte.

„Ach, das ist herrlich!" rief sie, als sie durch
einen fürchterlichen Stoß eine halbe Elle hoch von
ihrem Sitz emporgeschleudert ward.

„Für die Jugend allerdings, aber nicht für das
gebrechliche Alter," entgegnete Mr. Gibson. „Meine
Knochen werden allmählich rheumatisch und würden
einer glatten, gut gebauten Chauffee den Vorzug
geben."

„Aber das ist eine Beleidigung dieser herrlichen
Aussicht und dieser schönen reinen Luft, Papa!"
rief Molly. „Ich glaube auch nicht, daß es Dir
mit dem, was da Du sagtest, wirklich Ernst ist."

„Ich danke Dir, mein Gänschen, daß Du so
artig bist. So; nun werde ich Dich an dieser An=
höhe dort absteigen lassen. Wir haben eben den
zweiten Meilenstein von Hollingford paffirt."

„O, laß mich mit bis auf die Höhe hinauffahren!
Ich weiß, daß ich von da die blaue Kette des Mal=

verngebirges und das im Walde versteckte Schloß
Dovimers Hall sehen kann. Das Pferd wird dort
ohnedies eine Minute ausruhen wollen, und ich
kann dann in aller Bequemlichkeit aussteigen."

Demgemäß fuhren sie bis auf die Höhe des
Hügels. Hier machten sie ein paar Minuten Halt
und weideten sich an der Aussicht, ohne viel zu spre=
chen. Der Wald war wie in Gold getaucht. Das
alte, von purpurrothen Steinen erbaute Schloß
mit seinen sonderbar geformten Schornsteinen ragte
daraus empor. Weiterhin sah man grüne Rasen=
plätze und einen spiegelglatten See, und draußen,
in weiter Ferne, das schon erwähnte Malvernge=
birge.

„So, nun steig' aus, mein Gänschen, und mache,
daß Du nach Hause kommst, ehe es dunkel wird.
Der Fußsteig über die Croston=Haide ist um Vieles
kürzer als die Fahrstraße, auf der wir hieher ge=
langt sind. Schlage also denselben ein."

Um über die Croston=Haide zu gehen, mußte
Molly zunächst einen schmalen Heckenweg passiren,
der von Bäumen dicht beschattet war, während hier
und da an den steilen sandigen Rändern kleine
alte malerische Häuser standen. Dann kam ein
kleines Gehölz und dann ein Bach., über den eine
Breterbrücke führte, und auf dem steileren Terrain
der entgegengesetzten Seite waren Stufen in den
weichen Moorboden gegraben. Hatte man diese er=
stiegen, so befand man sich auf der Croston=Haide,

einem weit ausgedehnten Gemeinbeanger, der von
Tagelöhnerhütten eingesäumt ward, und an welchem
vorüber ein Weg nach Hollingford führte.

Der erste Theil des Weges war der einsamste,
nämlich durch den Heckengang, das Gehölz, über
die Brücke und die Anhöhe hinauf. Molly fürch=
tete aber die Einsamkeit durchaus nicht; sie ging
den Heckengang unter dem sich darüber wölbenden
Aesten der Ulmen hinweg, von welchen dann und
wann ein gelbes Blatt auf sie herabgeflattert kam,
und an der letzten Hütte vorüber, wo ein kleines
Kind die Anhöhe herabgepurzelt war und diesen Un=
fall durch lautes Geschrei verkündete.

Molly bückte sich, um das Kind aufzuheben, und
nahm es auf eine Weise in ihre Arme, welche so
fort jeden Schrecken aus der kleinen Brust ver=
scheuchte und dieselbe mit Ueberraschung und Ver=
wunderung erfüllte. Dann trug sie es die plumpen
steinernen Stufen nach dem kleinen Hause hinauf,
in welches, wie sie glaubte, das Kind gehörte.

Die Mutter kam aus dem hinter dem Hause
liegenden Garten herbeigeeilt, indem sie noch die
spät reifen Pflaumen, die sie abgenommen, in der
Schürze hielt. Als das Kind sie erblickte, streckte
es ihr die Arme entgegen, und die Mutter ließ die
Pflaumen fallen, um das Kind zu nehmen, und be=
gann, da es wieder zu weinen anfing, dasselbe zu
beschwichtigen, während sie sich zugleich bei Molly
bedankte. Sie nannte diese bei ihrem Namen, und

als Molly die Frau fragte, woher sie denselben kenne, antwortete sie, sie habe, ehe sie sich verheiratet, bei Mistreß Goodenough gedient und werde daher wohl Doctor Gibson's Tochter kennen.

Nachdem Molly einige wenige Worte mit der Frau gewechselt, setzte sie ihren Weg weiter fort und blieb blos hier und da stehen, um einen Strauß von den Blättern zu pflücken, die ihr wegen ihres brillanten Colorits auffielen.

So kam sie an den kleinen Wald. Als sie um die Ecke in den einsamen Pfad einbog, hörte sie eine in leidenschaftlichem Tone sprechende Stimme und erkannte in derselben sofort die Cynthia's.

Ueberrascht blieb sie stehen und sah sich um. Mitten unter den gelben und scharlachrothen Laubwerk ragten einige dunkelgrüne Stechpalmengebüsche empor. Wenn Jemand hier in der Nähe war, so mußte er sich hinter diesem Gebüsch befinden. Molly verließ daher sofort den Pfad, ging stracks durch das braune, vielfach durch einander geschlungene Haidekraut und Unterholz hindurch und bog die Zweige des Stechpalmengebüsches auf die Seite.

Da standen Mr. Preston und Cynthia. Er hielt sie fest bei beiden Händen gefaßt, und Beide sahen aus, als ob sie durch das Geräschel von Molly's Tritten bewogen worden wären, sich in einem heftig geführten Gespräch Einhalt zu thun.

Einen Augenblick lang sprach keins von den Dreien, endlich sagte Cynthia:

„O Molly, Molly, komm und sei Richter zwischen
uns!"

Mr. Preston ließ Cynthia's Hände langsam los
und warf Molly einen Blick zu, in welchem ein
lächelnd höhnischer Ausdruck lag. Dennoch war er,
was auch der Gegenstand des Wortwechsels ge=
wesen sein mochte, ebenfalls sehr aufgeregt.

Molly trat näher und ergriff Cynthia's Arm,
während sie ihre Augen unverwandt auf Mr. Preston's
Gesicht geheftet hielt. Es war schön, die Furcht=
losigkeit ihrer vollkommenen Unschuld zu sehen. Er
konnte ihren Blick nicht ertragen und sagte zu
Cynthia:

„Der Gegenstand unseres Gesprächs gestattet nicht
wohl die Anwesenheit einer dritten Person. Da
Miß Gibson jetzt Ihre Gesellschaft zu wünschen
scheint, so muß ich Sie bitten, eine andere Zeit
und einen andern Ort zu bestimmen, wo wir unsere
Besprechung zu Ende führen können."

„Wenn Cynthia es wünscht, so will ich gehen,"
sagte Molly.

„Nein, nein, bleib'! Ich will, daß Du bleibst
— ich will, daß Du Alles hörst! — Ich wollte, ich
hätte es Dir schon eher gesagt."

„Sie meinen, Sie bereuen es jetzt, daß Miß
Gibson nicht von unserm Verhältniß unterrichtet ist
und nicht weiß, daß Sie mir schon längst verspro=
chen, mein Weib zu werden. Bedenken Sie wohl,

daß Sie selbst mir das Versprechen der Geheim=
haltung abnahmen, und ich nicht Ihnen."

„Ich glaube ihm nicht, Cynthia!" rief Molly.
„Weine nicht, Cynthia. Ich glaube ihm nicht!"

„Cynthia," sagte Mr. Preston plötzlich im Tone
der innigsten Zärtlichkeit, „bitte, bitte, weinen Sie
nicht! Sie können nicht glauben, wie nahe mir
dies geht!"

Er näherte sich ihr, indem er dies sagte, und
wollte wieder ihre Hand ergreifen, aber sie wich
von ihm zurück und' schluchzte nur um so unauf=
haltsamer. Sie schien Molly's Gegenwart gewisser=
maßen als einen Schutz zu betrachten, unter wel=
chem sie ihrer Bewegung Raum geben dürfte.

„Gehen Sie, Mr. Preston," sagte Molly. „Sehen
Sie nicht, daß Sie es nur schlimmer machen?"

Mr. Preston rührte sich aber nicht von der
Stelle. Er betrachtete Cynthia so aufmerksam und
gespannt, daß er Molly's Worte gar nicht einmal
zu hören schien.

„Gehen Sie," wiederholte Molly in heftigem
Tone, „wenn es Ihnen wirklich leid thut, Cynthia
weinen zu sehen."

„Nur wenn sie es mir heißt, werde ich gehen,"
sagte er endlich.

„O Molly, ich weiß nicht, was ich thun soll!"
rief Cynthia, indem sie die Hände von ihrem in
Thränen gebadeten Antlitz nahm und unter immer=
während em Schluchzen sich bemühte, zusammen=

hängend zu sprechen, obschon ihr dies nicht möglich
zu sein schien.

„Gehen Sie rasch dort in jenes Haus und holen
Sie ihr ein Glas Wasser!" sagte Molly.

Mr. Preston zögerte ein wenig.

„Nun, warum gehen Sie nicht?" fragte Molly
ungeduldig.

„Ich habe noch mehr mit ihr zu sprechen, und
fürchte, daß Sie sich entfernen, ehe ich zurückkomme."

„Nein, wir werden nicht fortgehen. Sie sehen
ja, daß sie in diesem Zustande gar nicht von der
Stelle kann."

Nun ging er rasch, wenn auch ungern.

Es dauerte einige Zeit, ehe Cynthia ihr Schluch=
zen so weit bemeisterte, daß sie sprechen konnte.
Endlich sagte sie:

„Molly, dieser Mensch ist mir verhaßt."

„Aber was meinte er denn, als er sagte, Du
hättest ihm versprochen, die Seine zu werden? Weine
nicht wieder, Cynthia, sondern sage mir offen, wie
es ist. Wenn ich Dir helfen kann, so werde ich es
gern thun; aber ich kann mir nicht denken, wie der
Zusammenhang eigentlich ist."

„Es ist eine zu lange Geschichte, als daß ich sie
Dir jetzt erzählen könnte, und ich bin auch zu auf=
geregt und angegriffen dazu. Sieh', dort kommt er
wieder. Sobald ich kann, wollen wir nach Hause
gehen."

„Damit bin ich einverstanden," sagte Molly.

Mr. Preston brachte das Wasser, Cynthia trank davon und ward nun wieder ein wenig ruhiger.

„Wir werden am besten thun, wenn wir so rasch, als es Dir möglich ist, nach Hause gehen," sagte Molly. „Es wird schon dunkel."

Wenn sie aber gehofft hatte, Cynthia mit so leichter Mühe fortzubringen, so irrte sie sich. Mr. Preston war in diesem Punkte fest entschlossen und sagte:

„Ich glaube, da Miß Gibson nun einmal so viel weiß, so ist es am besten, wenn sie die ganze, volle Wahrheit erfährt, nämlich daß Sie mir ver= sprochen haben, mich zu heirathen, sobald Sie zwanzig Jahre alt sind; denn wollten wir ihr dies verschwei= gen, so müßte ihr der Umstand, daß Sie hier eine freiwillige Zusammenkunft mit mir haben, sehr seltsam, sogar zweideutig erscheinen."

„Da ich weiß, daß Cynthia mit einem Andern verlobt ist, so können Sie kaum erwarten, daß ich dem, was Sie sagen, Mr. Preston, Glauben schenke."

„O Molly," sagte Cynthia an allen Gliedern zitternd, während sie sich bemühte, ruhig zu blei= ben, „ich bin nicht verlobt — weder mit dem Manne, den Du meinst, noch mit diesem hier."

„Ich glaube," bemerkte Mr. Preston mit er= zwungenem Lächeln, „ich besitze einige Briefe, welche Miß Gibson von der Wahrheit dessen, was ich gesagt, überzeugen würden, und ich bin auch, da nöthig, bereit, diese Briefe Mr. Osborne Hamley

vorzulegen, denn ich vermuthe, daß dieser Mann
es ist, auf welchen Sie hindeuten."

„Ich weiß nicht, was ich von Ihnen Beiden
denken soll," entgegnete Molly. „Das Einzige, was
ich weiß, ist, daß wir jetzt, wo es Abend wird, nicht
länger hier stehen bleiben dürfen, sondern unver=
weilt nach Hause gehen müssen. Wenn Sie mit
meiner Schwester zu sprechen wünschen, Mr. Preston,
warum kommen Sie dann nicht zu uns und ver=
langen offen, wie es einem Manne von Ehre und
Bildung zukommt, sie zu sprechen?"

„O, das ist auch ganz mein eigener Wunsch,"
antwortete er. „Ich werde mich nur zu sehr freuen,
zu Ihnen zu kommen und Mr. Gibson auseinander
zu setzen, in welchem Verhältniß seine Stieftochter
zu mir steht. Wenn ich es nicht eher gethan habe,
so liegt der Grund davon blos darin, daß ich es
auf Cynthia's eigenen Wunsch unterlassen habe."

„Sage nichts weiter, Molly! Du weißt nicht
Alles; Du meinst es gut mit mir, das weiß ich,
aber Du würdest nur Unheil anrichten," sagte Cyn=
thia. „Ich habe mich nun so weit wieder erholt,
daß ich gehen kann. Laß uns daher heimkehren.
Wenn wir zu Hause sind, werde ich Dir Alles er=
zählen."

Mit diesen Worten ergriff sie Molly's Arm
und versuchte mit ihr fortzueilen; Mr. Preston
aber folgte und sagte, indem er neben ihnen her=
ging:

„Ich weiß nicht, was Sie zu Hause sagen wollen, Cynthia, aber können Sie leugnen, daß Sie meine Verlobte sind? Können Sie leugnen, daß ich unser Verhältniß nur auf Ihren innigen Wunsch so lange geheim gehalten habe?"

Es war unklug von ihm, dies zu sagen, denn Cynthia ward dadurch in die Enge getrieben, so daß sie stehen blieb und sagte:

„Nun, wenn Sie mich einmal zwingen, mit der Sprache herauszugehen, so gestehe ich, daß das, was Sie sagen, buchstäblich wahr ist. Ja, als ich ein verlassenes, vernachlässigtes Mädchen von sech=zehn Jahren war, liehen Sie, den ich für meinen Freund hielt, mir in meiner Bedrängniß Geld und bewogen mich, Ihnen ein Heirathsversprechen zu geben."

„Ich hätte Sie dazu bewogen?" rief Mr. Preston.

Cynthia ward dunkelroth und antwortete:

„Nun, ich will zugeben, daß ich nicht das rich=tige Wort gewählt habe. Ich gestehe, daß ich Sie damals gern hatte. Sie waren fast mein einziger Freund, und wenn es sich um eine sofortige Hei=rath gehandelt hätte, so würde ich höchst wahr=scheinlich keine Einwendung dagegen erhoben haben. Jetzt aber kenne ich Sie besser, und Sie haben mich in der letzten Zeit so verfolgt, daß ich ein=für allemal erkläre, daß keine Macht der Erde mich zwingen soll, die Ihrige zu werden. Dies sage ich Ihnen, obschon ich weiß, daß ich mich nun darauf gefaßt machen muß, nicht blos meinen guten Ruf, sondern auch die wenigen Freunde zu verlieren, die ich besitze."

„Mich aber ganz gewiß nicht," sagte Molly, ergriffen von dem verzweiflungsvollen Ton, in welchem Cynthia diese letzten Worte sprach.

„Es ist hart," sagte Mr. Preston. „Mögen Sie von mir glauben, was Sie wollen, Cynthia, so werden Sie doch an meiner aufrichtigen, leiden= schaftlichen, uneigennützigen Liebe zu Ihnen nicht zweifeln."

„Ja wohl zweifle ich daran!" sagte Cynthia mit erneuter Energie. „Ach, wenn ich an die selbst= verleugnungsvolle Anhänglichkeit denke, die stets eher an Andere dachte, als an sich selbst —"

Mr. Preston benutzte die Pause, welche Cyn= thia machte, weil sie sich scheute, ihm allzu viel zu enthüllen.

„Also," sagte er, „Sie nennen es noch keine Liebe, wenn ein Mann Jahre lang wartet — wenn er schweigt, weil man sein Schweigen wünscht — wenn er Eifersucht und Vernachlässigung duldet und sich auf das feierliche Versprechen eines sechzehn= jährigen Mädchens verläßt, ein Versprechen, wel= ches dieses Mädchen, so wie sie älter wird, immer mehr in den Hintergrund ihrer Erinnerung zurück= treten läßt? Cynthia, ich habe Sie geliebt, ich liebe Sie noch und kann nicht auf Sie verzichten. Wenn Sie Ihr Wort halten und die Meinige

werden wollen, so schwöre ich, mir Ihre Gegen=
liebe zu erwerben."

„Ach, wie innig wünsche ich, daß ich jenes un=
glückliche Geld nie geliehen hätte! Es war der
Beginn meines ganzen Unglücks. Ach, Molly, ich
habe gespart, was ich konnte, um es zurückzuzahlen,
aber er will es nun nicht annehmen. Ich glaubte
durch Abtragung dieser Schuld mir die Freiheit
zurück zu erkaufen."

„Sie scheinen durch diese Worte anzudeuten,
daß Sie sich für zwanzig Pfund verkauft haben,"
sagte Mr. Preston.

Man befand sich jetzt in der Nähe der auf dem
Gemeindeanger stehenden Häuser, so daß man von
den Bewohnern derselben gehört werden konnte.
Wenn auch weder Mr. Preston, noch Cynthia
diesen Umstand beachteten, so geschah dies doch von
Molly, und sie beschloß, in eins dieser Häuser
hinein zu gehen und einen der hier wohnenden
Feldarbeiter zu bitten, sie und ihre Schwester nach
Hause zu geleiten. Seine Gegenwart mußte jeden=
falls wenigstens diesem unerquicklichen Wortwechsel
ein Ende machen.

„Ich habe mich nicht verkauft; ich war Ihnen
damals gewogen; jetzt aber sind Sie mir auf das
tiefste verhaßt!" rief Cynthia, außer Stande, sich
zu mäßigen.

Mr. Preston verneigte sich, drehte sich um und
verschwand, indem er die nach dem Fuße der An=

höhe führende Treppe hinabging. Dies war we=
nigstens e i n e Erleichterung, dennoch aber eilten
die beiden Mädchen rasch weiter, als ob er sie immer
noch verfolgte.

Einmal, als Molly etwas zu Cynthia sagte,
antwortete diese letztere:

„Molly, wenn Du Mitleid mit mir hast, wenn
Du mich liebst, so sprich jetzt nichts mehr. Wenn
wir nach Hause kommen, so müssen wir aussehen,
als ob nichts vorgefallen wäre. Wenn wir aber
schlafen gehen, so komm mit in mein Zimmer, und
ich will Dir Alles erzählen. Ich weiß, Du wirst
mir entsetzliche Vorwürfe machen, aber ich will
Dir Alles erzählen.“

Demgemäß sprach Molly auch kein Wort weiter,
bis sie ihre Wohnung erreichten. Niemand schien
darauf zu achten, daß es schon ziemlich spät war,
und die beiden Mädchen begaben sich jede in ihr
Zimmer, um ein wenig auszuruhen und sich zu
fassen, ehe sie sich zum Diner ankleideten.

Molly fühlte sich so erschüttert, daß sie, wenn
blos ihr alleiniges Interesse auf dem Spiel ge=
standen hätte, gar nicht im Stande gewesen wäre,
zu Tische zu gehen. Sie saß an ihrem Ankleide=
tische und stützte den Kopf auf die Hände. Die
Lichter waren unangezündet und das Zimmer in
angenehmes Dunkel gehüllt. Sie suchte ihr stür=
misch klopfendes Herz zu beschwichtigen, sich Alles,
was sie gehört, in die Erinnerung zurück zu rufen,

unb zu überlegen, welchen Einfluß es auf das Leben
der Personen äußern müsse, die sie liebte..

Zunächst dachte sie natürlich an Roger, der
fern weilte in dem geheimnißvollen Dunkel des
durch Tausende von Meilen getrennten Raumes,
während der Gegenstand seiner Liebe von einem
Andern in Anspruch genommen ward. Einem von
Beiden mußte Cynthia untreu werden. Was mußte
Roger denken und fühlen, wenn es jemals zu sei=
ner Kenntniß kam?

Doch es konnte nichts nützen, sich seinen Schmerz
zu malen. Molly's nächste Aufgabe war, Cynthia
wo möglich ihrer schwierigen Lage zu entreißen,
so weit dies durch Rath und That geschehen konnte.

Als Molly vor dem Diner in das Gesellschafts=
zimmer kam, traf sie hier Cynthia und deren Mutter
allein beisammen. Es standen Lichter in dem Zim=
mer, dieselben waren aber nicht angezündet, denn
das Holzfeuer loderte und flackerte lustig im Ka=
min, und man wartete auf Mr. Gibson's Heim=
kunft, die jeden Augenblick erfolgen konnte.

Cynthia saß im Schatten, und Molly konnte
daher nur mit ihrem empfindlichen Ohr beurtheilen,
in wie weit es ihrer Schwester gelungen war, sich
zu fassen. Mistreß Gibson erzählte eins ihrer
Abenteuer des Tages, wen sie bei den Besuchen,
die sie gemacht, zu Hause angetroffen, wer nicht zu
Hause gewesen und welche Neuigkeiten sie bei die=
sen Gelegenheiten erfahren.

Molly glaubte zu bemerken, daß Cynthia's Stimme matt und erschöpft klang, obschon sie gehörig antwortete und an der rechten Stelle gebührendes Interesse zu erkennen gab. Dabei war Molly, wenn auch mit Selbstüberwindung, bemüht, ebenfalls ihr Wort mit dazu zu geben und ihrer Schwester auf diese Weise einen Dienst zu leisten, obschon Mistreß Gibson keine so geübte Beobachterin war, daß sie leichte Nüancen oder Unterschiede in dem Benehmen einer Person sofort bemerkt hätte.

Als Mr. Gibson eintrat, gewann Alles sofort eine andere Gestalt. Cynthia ward mit einem Male heiter und lebhaft, theils, weil sie wußte, daß ihr Stiefvater jede Verstimmung an ihr sofort bemerkt haben würde, theils weil Cynthia eine jener geborenen Coquetten war, welche von der Wiege bis zum Grabe stets bemüht sind, sich jedem Manne gegenüber, sei er jung oder alt, von der liebenswürdigsten Seite zu zeigen.

Sie schenkte allen seinen Bemerkungen und Erzählungen dieselbe Aufmerksamkeit wie in früheren glücklicheren Tagen, so daß Molly kaum glauben konnte, daß die Cynthia, die sie jetzt vor sich sah, dasselbe Mädchen sei, welches vor kaum zwei Stunden geweint und geschluchzt, als ob ihr das Herz brechen wollte. Allerdings sah sie bleich aus, und ihre Augen waren ein wenig trübe, dies aber war die einzige Spur, welche ihre Aufregung, die doch in ihrem Innern immer noch forttoben mußte, äußerlich hinterlassen hatte.

Nach Tische ging Mr. Gibson aus, um seine Stadtpatienten zu besuchen, und seine Gattin setzte sich in ihren Lehnstuhl, hielt sich einen Bogen der Times vor die Augen und machte dahinter ein gemüthliches Schläfchen. Cynthia hatte in der einen Hand ein Buch, mit der andern schirmte sie ihre Augen vor dem Licht.

Molly allein konnte weder lesen, noch schlafen, noch arbeiten. Sie nahm in der Brüstung des Bogenfensters Platz. Die Gardine war nicht herabgezogen, denn es war keine Gefahr vorhanden, daß Jemand hereinschaue. Sie schaute hinaus in das milde Abenddunkel und bemühte sich, die Umrisse der verschiedenen Gegenstände zu erkennen. Das kleine Haus am Ende des Gartens, die große Buche mit der um den Stamm derselben herum angebrachten Rasenbank, die Drahtbogen, an welchen die Sommerrosen hinaufgeklettert waren — Alles hob sich schwach und undeutlich gegen den dunkeln Sammet der Atmosphäre ab.

Es dauerte nicht lange, so kam der Thee, und es begann' nun das gewöhnliche abendliche Leben. Der Tisch ward abgeräumt; Mistreß Gibson rüttelte sich munter und machte in Bezug auf den „lieben Papa" dieselbe Bemerkung, welche sie seit Wochen regelmäßig zu dieser Stunde gemacht.

Cynthia sah nicht anders aus als gewöhnlich.

Und doch, welch ein furchtbares Geheimniß barg
sich hinter dieser Ruhe! Dies war der Gedanke,
welcher Molly fast ausschließlich beschäftigte.

Endlich ward es Zeit zum Schlafengehen, man
wünschte sich gegenseitig gute Nacht, und Molly und
Cynthia begaben sich, ohne weiter ein Wort mit
einander zu wechseln, jede auf ihr Zimmer.

Als Molly sich in ihrem Zimmer befand, hatte
sie vergessen, ob sie zu Cynthia gehen sollte, oder
ob diese zu ihr kommen wollte. Sie zog ihr Kleid
aus, legte ihr Nachtgewand an, blieb stehen und
wartete, setzte sich dann auf einige Minuten nieder,
Cynthia aber kam nicht. Molly stand daher endlich
auf und pochte an die der ihrigen gegenüber be=
findliche Thür, welche sie zu ihrer Ueberraschung
verschlossen fand.

Als sie in das Zimmer trat, saß Cynthia an
ihrem Ankleidetische, gerade noch so, wie sie aus
dem Gesellschaftszimmer herauf gekommen war. Sie
hatte den Kopf auf die Arme gestützt und schien
fast das Abkommen vergessen zu haben, welches sie
mit Molly getroffen, denn sie blickte überrascht auf,
und auf ihrem Gesicht lag der Ausdruck der Weh=
muth und Unruhe. In ihrer Einsamkeit nahm sie
sich nicht die zwecklose Mühe, sich zu beherrschen
oder zu verstellen, sondern ließ ihren Gedanken
freien Lauf.

Drittes Kapitel

Cynthia's Geständniß.

„Du sagtest, ich sollte zu Dir kommen," hob Molly an, „und Du wolltest mir Alles erzählen."

„Ich glaube, Du weißt schon Alles," antwortete Cynthia seufzend. „Du weißt vielleicht nicht, was für Entschuldigungen mir zur Seite stehen, jedenfalls aber weißt Du, in welcher entsetzlichen Verlegenheit ich mich befinde."

„Ich habe mir allerlei gedacht," sagte Molly schüchtern und zweifelhaft. „Ich kann nicht umhin zu glauben, daß Du, wenn Du Dich Papa anvertrauen —"

Ehe Molly weiter sprechen konnte, erhob Cynthia sich und sagte:

„Nein! das thue ich nicht, ausgenommen, wenn ich dann sogleich von hier fortgehen könnte. Du weißt aber, daß ich keinen andern Ort habe, wohin ich gehen könnte, für den Augenblick wenigstens,

meine ich). Mein Onkel würde, glaube ich, mich
bei sich aufnehmen; er ist der Bruder meines Va=
ters, und es wäre seine Pflicht, mir unter allen
Verhältnissen beizustehen. Vielleicht könnte ich auch
ein Unterkommen als Erzieherin finden. Eine saubere
Erzieherin würde ich sein!"

„Cynthia, rede nicht so wahnwitzig!" sagte Molly.
„Ich glaube nicht, daß Du gar so sehr unrecht ge=
handelt hast. Du sagst selbst, daß dies nicht der
Fall sei, und ich glaube Dir. Dieser schreckliche
Mann hat Dich auf irgend eine Weise verlockt und
verleitet; ich bin aber überzeugt, Papa würde Alles
wieder in's rechte Gleis bringen, wenn Du Dich
ihm anvertrautest und ihm Alles sagtest, was —"

„Nein, Molly," sagte Cynthia. „Das kann ich
nicht, und damit gut. Du kannst, wenn Du sonst
willst, es ihm sagen. Nur gestatte mir erst, das
Haus zu verlassen; so viel Zeit gieb mir."

„Du weißt, daß ich nie etwas sage, was ich
Deinem Wunsche gemäß verschweigen soll, Cynthia,"
sagte Molly tief verletzt.

„Ist das wirklich so?" fragte Cynthia, indem
sie ihre Schwester bei der Hand ergriff. „Willst
Du mir das versprechen? Willst Du mir es schwö=
ren? Ach, es wäre mir ein großer Trost, wenn ich
Dir jetzt, wo Du nun schon so viel weißt, vollends
Alles sagen könnte."

„Ja, ich verspreche Dir, keinem Menschen ein
Wort davon wieder zu sagen. Du solltest nicht an

mir zweifeln," sagte Molly immer noch ein wenig bekümmert.

„Gut! Ich traue Dir, ich weiß, daß ich es kann."

„Aber überlege Dir, Cynthia, ob es nicht besser für Dich sein wird, wenn Du mit Papa sprichst und ihn bittest, Dir beizustehen," sagte Molly beharrlich.

„Nein, nimmermehr!" sagte Cynthia entschlossen, aber ruhiger als vorher. „Glaubst Du, ich habe vergessen, was er einmal in Bezug auf jenen erbärmlichen Mr. Core sagte? Wie streng er sich aussprach, und wie lange ich bei ihm in Ungnade war, wenn ich nämlich nicht vielleicht noch jetzt darin bin? Ich gehöre, wie Mama zuweilen sagt, zu jenen Menschen, die nicht mit Anderen zusammen leben können, wenn dieselben nicht gut von ihnen denken. Es ist vielleicht eine Schwäche oder eine Sünde — ich weiß selbst nicht was, und ich kümmere mich auch nicht darum. Ich kann mich aber wirklich nicht glücklich fühlen, wenn ich in einem und demselben Hause mit Jemandem leben soll, der meine Fehler kennt und dieselben für größer hält als meine Vorzüge. Nun weißt Du, daß Dein Vater dies thun würde. Ich habe Dir oft schon gesagt, daß er ebenso wie Du, Molly, hinsichtlich der Moralität auf einer höheren Stufe steht, als alle anderen Menschen, die ich bis jetzt kennen gelernt habe. O, ich könnte es nicht ertragen! Wenn er meine Geheimnisse wüßte, so würde er sehr aufgebracht gegen mich sein; er würde es nie vergessen können, und ich habe ihn so lieb gehabt! Ich habe ihn noch lieb!"

„Nun gut, sprechen wir weiter nicht davon! Er soll nichts erfahren," sagte Molly beschwichtigend, denn Cynthia begann wieder in krampfhaftes Schluchzen zu verfallen. „Wenigstens wollen wir jetzt nicht weiter davon sprechen."

„Und Du wirst keinem Menschen ein Wort sagen? Versprich mir das!" sagte Cynthia, indem sie begierig Molly's Hand ergriff.

„Ich verspreche Dir, nicht eher zu sprechen, als bis Du es mir erlaubst. Nun laß mich sehen, ob ich Dir nicht helfen kann. Lege Dich auf Dein Bett; ich werde mich neben Dich setzen, und dann wollen wir die Sache besprechen."

Cynthia setzte sich jedoch nur in den Lehnstuhl, der an ihrem Toilettentisch stand.

„Seit welcher Zeit spielt denn die Sache eigentlich?" fragte Molly nach einer langen Pause.

„Schon lange — seit vier oder fünf Jahren. Ich war noch ein pures Kind und ganz mir selbst überlassen. Es war während der Ferien. Mama war fortwährend auf Besuch, und die Donaldsons luden mich ein, mit ihnen zu dem Worcesterfeste zu gehen. Du kannst Dir nicht denken, wie angenehm dies Alles klang, besonders für mich. Ich war zeither blos auf das große öde Haus in Ashcombe beschränkt gewesen, wo Mama ihre Schule hatte.

4*

Das Haus gehörte Lord Cumnor, und Mr. Preston
war als sein Agent beauftragt, es neu tapezieren zu
lassen. Abgesehen hiervon war er sehr intim mit
uns. Ich glaube, Mama dachte — doch nein, hier=
über weiß ich nichts Gewisses, und ich habe ihr
ohnehin genug vorzuwerfen, so daß ich nicht noch
etwas zu sagen brauche, was ich mir vielleicht nur
einbilde."

Hier schwieg Cynthia einige Minuten lang. Sie
schien sich die Vergangenheit in's Gedächtniß zurück=
zurufen. Molly ward betroffen von dem sorgen=
vollen alten Ausbruck, der zeitweilig von dem schö=
nen, sonst so heitern und jugendlichen Antlitz ihrer
Halbschwester Besitz genommen hatte. Sie ersah
daraus, welche Qualen diese geheime Unruhe ihr
bereitet haben müsse.

„Also," fuhr Cynthia dann wieder fort, „wir
waren sehr intim mit ihm; er besuchte uns häu=
fig und lernte Mamas Angelegenheiten und ihre
Lebensgeschichte ausführlich kennen. Ich sage Dir
das, damit Du verstehst, wie natürlich es für mich
war, seine Fragen zu beantworten, als er eines
Tages kam und fand, daß ich, wenn auch nicht ge=
rade weinte — denn Du weißt, daß dies bei mir
ein wenig schwer hält, obschon ich es heute nicht
daran habe fehlen lassen — wohl aber sehr aufge=
regt und ärgerlich war. Mama hatte mir nämlich ge=
schrieben, ich könnte mit den Donaldsons zu dem Feste
gehen, dabei aber kein Wort gesagt, woher ich das

Geld zur Reise oder die geeignete Kleidung herbe=
kommen sollte. Meine während des letzten Jahres
neu angeschafften Kleider waren mir jetzt viel zu
klein geworden, ebenso fehlte es mir an Handschu=
hen und Stiefeletten, kurz, ich war in dieser Be=
ziehung so arm, daß ich kaum anständig zur Kirche
gehen konnte."

„Aber warum schriebst Du ihr nicht und sagtest
ihr alles dies?" fragte Molly, fürchtete aber zu=
gleich fast, daß es aussehen könnte, als wollte sie
durch die sehr natürliche Frage einen Tadel aus=
sprechen.

„Ich wollte, ich hätte ihren Brief hier, um ihn
Dir zu zeigen," sagte Cynthia. „Du hast ja aber
schon selbst Briefe von Mama gelesen; ist es Dir
nicht aufgefallen, daß sie bei jeder Thatsache alle=
mal den wichtigsten Punkt unberührt läßt? In
dem vorliegenden Falle schrieb sie ein Langes und
Breites, wie sie sich amüsirte, welche Freundlichkeit
und Güte man ihr erzeigte, wie sehr sie wünschte,
mich bei sich haben zu können, und wie sehr sie sich
freue, daß auch ich nun einiges Vergnügen haben
werde. Von dem aber, was für mich wirklich von
Nutzen gewesen wäre, erwähnte sie kein Wort. Sie
theilte mir blos mit, sie würde das Haus, in dem
sie sich befand, den Tag nach dem, an welchem sie
mir geschrieben, verlassen und zu einer bestimmten
Zeit wieder zu Hause sein. Ich erhielt den Brief

aber an einem Sonnabend, das Fest begann den nächstfolgenden Dienstag und —"

„Arme Cynthia!" sagte Molly. „Wenn Du sogleich wieder geschrieben hättest, so würde Dein Brief vielleicht noch zur rechten Zeit gekommen sein. Ich will mich durchaus nicht hart aussprechen, aber der Gedanke, daß Du Dich jemals mit diesem Manne befreundet, ist mir außerordentlich zuwider."

„Ach," sagte Cynthia seufzend, „wie leicht ist es, richtig zu urtheilen, wenn man sieht, welche Uebel die Folgen des Falschurtheilens sind! Ich war ein junges Mädchen, fast noch ein Kind; er war unser Freund, mit Ausnahme meiner Mama der einzige Freund, den ich kannte. Die Donaldsons waren nur freundliche, gutmüthige Bekannte."

„Es bekümmert mich, dies zu hören," sagte Molly in ihrer einfachen, schüchternen Weise. „Ich habe mit Papa immer so glücklich gelebt und kann kaum verstehen, wie ganz anders es bei Dir gewesen sein muß."

„Ganz anders! Das wollte ich meinen! Die Sorge um Geld verleidete mir förmlich das Leben. Wir durften nicht sagen, daß wir arm wären, denn dies würde dem Renommée der Schule geschadet haben. Gern hätte ich entbehrt und gedarbt, wenn Mama und ich so glücklich zusammen gelebt hätten, wie dies recht wohl der Fall hätte sein können, eben so gut wie mit Dir und Deinem Vater. Nicht die Armuth war es, was mich am schmerzlichsten quälte, sondern der Umstand, daß meiner Mutter nie etwas daran zu liegen schien, mich in ihrer Nähe zu haben. Sobald die Ferien da waren, ging sie auf Besuch zu irgend einer vornehmen Familie, und in meinem Alter war es für mich gefährlich, unter solchen Verhältnissen allein daheim gelassen zu werden. Mädchen in diesen Jahren sind ganz entsetzlich darauf erpicht, Beweggründe auszuwittern und über das, was ihnen in der Conversation dunkel erscheint, ungeschickte Fragen zu stellen. Sie haben von den Wahrheiten und Lügen des conventionellen Lebens keinen deutlichen Begriff. Jedenfalls war ich meiner Mama sehr im Wege, und ich fühlte das. Mr. Preston schien dies auch zu fühlen, und ich war ihm dankbar für seine freundlichen Worte und theilnehmenden Blicke — Brosamen der Güte, die bei Dir unbeachtet unter den Tisch gefallen sein würden. Als er an jenem Tage kam, um nach den Arbeitern zu sehen, traf er mich in dem veröbeten Schulzimmer, während ich meinen verschossenen Sommerhut, einige alte Bänder, die ich ausgewaschen, und meine abgetragenen Handschuhe musterte. Es war ein gleichsam auf der Schultafel ausgebreiteter Lumpenmarkt, den ich vor mir hatte. Schon der Anblick dieser Dinge versetzte mich in förmliche Wuth. Mr. Preston sagte, er freue sich, zu hören, daß ich mit den Donaldsons zu dem Feste gehen wolle. Die alte Sally, unsere Magd, hatte ihm, glaube ich, diese Neuigkeit mit=

getheilt. Es fehlte mir aber so an Geld, und meine
Eitelkeit fühlte sich durch den Anblick meiner schäbigen
Garderobe so verletzt, daß ich höchst ärgerlich war
und erklärte, ich würde nicht mitgehen. Er setzte
sich zu mir an den Tisch und bewog mich durch
freundliches Zureden, ihm nach und nach alle meine
kleinen Kümmernisse mitzutheilen. Ich glaube, er
war zu jener Zeit wirklich sehr liebenswürdig. Ich
glaubte nicht, etwas Thörichtes oder Unrechtes zu
thun, wenn ich sein Anerbieten, mir Geld zu leihen,
annähme. Er hätte, wie er sagte, zwanzig Pfund
in der Tasche und wüßte nicht, was er damit an=
fangen sollte. Er würde es Monate lang nicht
brauchen; ich, oder vielleicht Mama, könnte es ihm
wieder bezahlen, wie und wann es uns paßte. Mama
müsse wissen, setzte er hinzu, daß ich Geld brauchte,
und sie dächte wahrscheinlich selbst, daß ich mich an
ihn wenden würde. Zwanzig Pfund wären nicht
zu viel, ich müsse die ganze Summe nehmen und so
weiter. Ich wußte — oder wenigstens ich dachte —
daß ich niemals zwanzig Pfund ausgeben würde;
ich glaubte aber, ich könnte ihm, was ich nicht brauchte,
zurückgeben, und so — so fing die Sache an. Es
klingt nicht so gar entsetzlich, nicht wahr nicht,
Molly?"

„Nein," sagte Molly zögernd. Sie wollte nicht
hart urtheilen, und dennoch war Mr. Preston ihr
so zuwider.

Cynthia fuhr fort:

„Stiefeletten und Handschuhe, einen Hut und eine Mantille, ein weißes Mousselinkleid, welches ich mir machen ließ, ehe ich am Dienstag abreiste, und ein seidenes Kleid, welches ich mir nachschicken ließ, die Reisekosten und was sonst noch darum und daran hing — alles dies ließ von den zwanzig Pfund nur sehr wenig übrig, besonders als ich in Worcester fand, daß ich mir auch eine Balltoilette anschaffen müßte, denn wir wollten Alle den Ball mitmachen. Mistreß Donaldson gab mir mein Billet, machte aber ein sehr bedenkliches Gesicht, als ich meinte, ich könne vielleicht in meinem weißen Mousse= linkleid, welches ich schon zwei Abende getragen, mit zum Balle gehen. Ach, mein Himmel! Wie angenehm muß es sein, Geld in Fülle zu haben! dachte ich. Du weißt," fuhr Cynthia ein wenig lächelnd fort, „daß ich nicht umhin kann zu wissen, daß ich hübsch bin und daß die Leute mich be= wundern. Bei den Donaldsons fand ich dies zuerst. Ich begann zu glauben, daß ich in meinen schönen neuen Kleidern wirklich hübsch aussähe, und ich fand, daß andere Leute dies ebenfalls dachten. Ich war die Schönheit des Hauses, und es war mir sehr angenehm, diese meine Macht zu fühlen. Wäh= rend der letzten zwei Tage dieser heitern Woche schloß Mr. Preston sich unserer Gesellschaft an. Das letzte Mal, wo er mich gesehen, war, als ich in abgetragenen, mir viel zu klein gewordenen Kleidern dasaß und vernachlässigt und mittellos

meine Einsamkeit und Verlassenheit beweinte. Bei
den Donaldsons dagegen war ich eine kleine Königin.
Kleider machen Leute; Alles drängte sich an mich,
und ich hatte auf diesem Balle, der an dem ersten
Abend, wo Mr. Preston da war, stattfand, so viel
Tänzer, daß ich nicht wußte, was ich damit beginnen
sollte. Ich glaube, damals verliebte er sich wirklich
in mich. Bis dahin war es wahrscheinlich noch
nicht der Fall gewesen. Nun begann ich zu fühlen,
wie drückend es für mich sein mußte, seine Schuldnerin
zu sein. Ich konnte ihm gegenüber mir nicht das
Air geben, welches ich Anderen gegenüber behauptete.
Ach, wie beengt und unbehaglich fühlte ich mich!
Ich hatte ihn jedoch gern und betrachtete ihn als
meinen wirklichen und wahren Freund. Am letzten
Tage ging ich mit den Anderen im Garten spazieren.
Ich glaubte, ich könnte ihm sagen, wie ich mich
amüsirt und wie glücklich ich gewesen, blos mit
Hülfe seiner zwanzig Pfund — es begann mir aber
zu Muthe zu werden, wie der armen Aschenbrödel,
als es Zwölf schlug. Ich sagte ihm, daß das Geld
sobald als möglich wieder bezahlt werden sollte,
obschon ich mit Schaudern daran dachte, daß ich es
meiner Mama sagen müsse, und obschon ich unsere
Angelegenheiten genau genug kannte, um zu wissen,
wie schwer es uns werden würde, das Geld zu=
sammenzubringen. Unsere Unterredung erreichte ein
sehr baldiges Ende, denn zu meinem Entsetzen be=
gann er in leidenschaftlichen Worten mir seine Liebe

zu erklären und mich zu bitten, die Seine zu wer=
den. Ich erschrak darüber so, daß ich fortlief und
die übrige Gesellschaft aufsuchte. Noch an demselben
Abend erhielt ich einen Brief von ihm. Er ent=
schuldigte sich darin, daß er mich erschreckt, erneute
seinen Antrag und bat mich nochmals, ihm zu ver=
sprechen, die Seine zu werben, während er mir vor=
schlug, daß die Erfüllung dieses Eheversprechens
ganz in mein eigenes Belieben gestellt sein sollte.
Am Schlusse des Briefes ward auch meine unglück=
liche Schuld erwähnt und in Bezug auf dieselbe
gesagt, es solle durchaus keine Schuld mehr sein,
sondern blos eine Vorauszahlung des Geldes, wel=
ches später mir doch gehören würde, dafern ich —
das Weitere kannst Du Dir denken, Molly, besser
als ich mich dessen erinnere und es Dir erzählen
kann."

„Und was sagtest Du?" fragte Molly athemlos.

„Ich beantwortete diesen Brief gar nicht, bis
ein zweiter kam, der mich dringend um eine Er=
klärung bat. Mittlerweile aber war meine Mama
wieder nach Hause gekommen und der frühere täg=
liche Mangel begann ebenso wie alle anderen Uebel=
stände, wovon die Armuth begleitet zu sein pflegt,
von Neuem. Mary Donaldson schrieb mir oft und
pries Mr. Preston's Lob so eifrig, als sei sie dazu
gedungen gewesen. Ich hatte gesehen, daß er in
diesen Kreisen sehr beliebt war. Er gefiel mir auch
ganz gut, und ich fühlte mich ihm zu Dank ver=

pflichtet. Deshalb schrieb ich ihm und versprach
ihm, die Seine zu werden, sobald ich zwanzig Jahre
alt sein würde; doch bat ich ihn zugleich, dieses Ab=
kommen bis dahin streng geheim zu halten. Ich be=
mühte mich nun zu vergessen, daß ich Geld von
ihm geliehen, aber das Gefühl meiner Verpflich=
tung gegen ihn lastete so schwer auf mir, daß ich
ihn zu hassen begann. Der Eifer, womit er mich
begrüßte, so oft er mich allein traf, ward mir un=
erträglich, und ich glaube, meine Mutter begann
mich zu beargwohnen. Ich kann Dir dies nicht
ausführlich erzählen, denn Vieles verstand ich damals
selbst nicht und kann mich daher jetzt auch nicht
mehr genau darauf besinnen. Wohl aber weiß ich,
daß Lady Curhaven meiner Mutter eine Summe
Geldes schickte, die, wie sie es nannte, auf meine
Ausbildung verwendet werden sollte. Meine Mut=
ter war damals immer sehr mißlaunig, und wir
vertrugen uns nicht zum besten. Natürlich wagte
ich nicht, ihr etwas von den verhaßten zwanzig
Pfund zu sagen, sondern tröstete mich mit dem Ge=
danken, daß das Geld, wenn ich Mr. Preston später
heirathete, gar nicht zurückgezahlt zu werden brauchte.
Es war dies sehr unrecht von mir, aber, o Molly,
ich bin dafür gestraft worden, denn jetzt verabscheue
ich diesen Mann."

„Warum aber?" fragte Molly. „Wann begannst
Du Mißfallen an ihm zu finden? Du scheinst Dich

doch während dieser ganzen Zeit sehr passiv verhal=
ten zu haben."

„Ich weiß es selbst nicht. Das Gefühl der Ab=
neigung erwachte aber schon, ehe ich nach Boulogne
ging. Er ließ es mich fühlen, daß ich in seiner
Macht war; er verfolgte mich förmlich, und da er
mich zu oft an mein ihm gegebenes Versprechen
erinnerte, so bewog er mich dadurch, Alles, was er
sagte und that, mit kritischem Blick zu beobachten.
Auch in seinem Benehmen gegen Mama trat eine
gewisse Insolenz zu Tage, die mich erbitterte. Du
wirst Dir im Stillen vielleicht schon gesagt haben,
ich sei eben keine allzu ehrerbietige Tochter, und
ich bin auch eigentlich keine solche, aber die ver=
steckten hämischen Anspielungen, welche dieser Mann
sich in Bezug auf die Fehler und Mängel meiner
Mutter erlaubte, waren mir unausstehlich, und seine
Art und Weise, mir das, was er seine Liebe nannte,
zu zeigen, geradezu verhaßt. Als ich seit einem
Semester bei Madame Lefebre war, traf eine neue
englische Schülerin ein, eine Cousine von ihm, die
mich nur wenig kannte. Das, was ich Dir nun
sagen werde, muß ich Dich bitten, so bald als mög=
lich wieder zu vergessen zu suchen. Diese neue Schü=
lerin sprach fortwährend von ihrem Cousin Robert.
Sie erzählte von seiner Schönheit und wie alle
Damen sich in ihn verliebten. Auch eine sehr vor=
nehme Dame sei mit darunter."

„Lady Harriet wahrscheinlich!" sagte Molly
entrüstet.

„Das weiß ich weiter nicht," fuhr Cynthia im
Tone der Erschöpfung fort. „Ich kümmerte mich
damals nicht darum und thue es auch jetzt nicht,
denn jenes Mädchen erzählte weiter, es gäbe auch
eine sehr hübsche Wittwe, welche ganz vernarrt in
ihn sei. Oft hätte er mit seinen Verwandten über
die kleinen Kunstgriffe dieser Frau gelacht, welche
glaubte, er durchschaue sie nicht. Dies war also
der Mann, dem ich meine Hand zu schenken ver=
sprochen, dem ich Geld abgeborgt, dem ich zärtliche
Briefe geschrieben! Nun verstehst Du und weißt
Du Alles, Molly."

„Nein, noch nicht. Was thatest Du, als Du
hörtest, wie er über Deine Mutter gesprochen?"

„Es blieb mir blos Eins zu thun übrig. Ich
schrieb ihm und erklärte ihm, er sei mir verhaßt,
und ich würde ihn nimmermehr heirathen. Sein
Geld würde ich ihm mit Zinsen zurückzahlen, sobald
es mir möglich sei."

„Nun und?"

„Madame Lefebre brachte mir meinen Brief un=
eröffnet zurück und sagte mir, sie erlaube nicht, daß
von Schülerinnen ihres Instituts Briefe an Herren
gesendet würden, wenn sie nicht zuvor Kenntniß
von ihrem Inhalt genommen. Ich sagte ihr, der
Mann, an den ich geschrieben, sei ein Freund von
uns, ein Agent, der verschiedene Angelegenheiten

für meine Mama zu besorgen habe — denn die eigentliche und volle Wahrheit konnte ich doch nicht sagen. Gleichwohl ließ Madame Lefebre den Brief nicht abgehen. Sie verbrannte denselben vor meinen Augen und verstand sich nicht eher dazu, diesen Vorfall meiner Mutter zu verschweigen, als bis ich ihr feierlich versprochen, nicht wieder zu schreiben. Somit mußte ich mich in Geduld fassen und war= ten, bis ich heimkehrte."

„Aber dann bekamst Du ihn wohl nicht gleich zu sehen?"

„Nein, aber ich konnte doch schreiben, und ich begann auch sofort Geld zu sparen, um ihn zu be= zahlen."

„Was antwortete er dann auf Deinen Brief?"

„Anfangs that er, als ob er nicht glauben könne, daß ich es ernstlich meine. Er sagte, es sei wahrscheinlich von mir blos ein vorübergehender Groll, der vor den leidenschaftlichen Betheuerungen seiner unveränderten Liebe bald wieder in den Hin= tergrund treten werde."

„Und später?"

„Später nahm er seine Zuflucht zu Drohungen. Ich ließ mich dadurch einschüchtern. Ich konnte nicht den Gedanken ertragen, daß die ganze Sache bekannt und besprochen würde, daß meine einfältigen Briefe auch anderen Leuten zu Gesicht kämen! Ach, diese Briefe! sie beginnen alle mit den Wor=

ten: „Mein theuerster Robert!" Und dieser
Mann —"

„Aber, Cynthia, wie konntest Du unter solchen
Umständen Roger's Bewerbung annehmen?" fragte
Molly.

„Warum nicht?" fragte Cynthia, indem sie sich
fast heftig nach Molly herumdrehte. „Ich war
frei — ich bin jetzt noch frei. Es schien mir dies
gewissermaßen ein Mittel zu sein, um mich zu über=
zeugen, daß ich wirklich frei sei. Auch gefiel mir
Roger. Es war so schön, in Berührung mit Per=
sonen zu kommen, auf die man sich verlassen konnte,
und ich hätte ein Klotz oder ein Stein sein müssen,
wenn ich mich nicht durch Roger's zärtliche unei=
gennützige Liebe, die so verschieden von der Pre=
ston's war, gerührt gefühlt hätte. Ich weiß, Du
glaubst, ich sei nicht gut genug für ihn, und na=
türlich, wenn dies Alles, was ich Dir soeben er=
zählt, an den Tag kommt, so wird auch er glauben,
daß ich nicht gut genug für ihn sei."

Cynthia sagte dies in einem wehmüthigen Tone,
welcher Molly tief zu Herzen ging, und fuhr dann
fort:

„Zuweilen glaube ich, ich könne nichts Besseres
thun, als fort unter fremde Leute gehen und auf
Roger verzichten. Ich müßte dann ein neues Le=
ben beginnen. Einigemal habe ich im Gegen=
theil aber auch daran gedacht, Mr. Preston aus
purer Rachelust zu heirathen, um ihn für immer

in meine Gewalt zu bekommen. Nur glaube ich, daß ich dabei zuletzt vielleicht am schlimmsten weg= käme, denn er hat ein grausames Gemüth und kommt mir mit seiner Schönheit und seinem erbarmungs= losen Herzen vor, wie ein schön gefleckter Tiger. Wie inständig habe ich ihn gebeten, mich frei zu geben, ohne mich bloßzustellen."

„In dieser letzteren Beziehung mache Dir keine Sorge," bemerkte Molly. „Die Schmach würde mehr auf ihn zurückfallen, als Dich treffen."

Cynthia ward noch bleicher, als sie zuvor ge= wesen, und entgegnete:

„Ich habe aber in meinen Briefen allerhand über meine Mutter gesagt. Ich hatte für alle ihre Fehler ein scharfes Auge, während ich die Macht der Umstände, durch die sie in Versuchung geführt ward, nicht ausreichend zu würdigen verstand, und er sagt, er werde, wenn ich mein ihm gegebenes Wort nicht löste, diese Briefe Deinem Vater zeigen!"

„Nein, das soll er nicht!" rief Molly, indem sie entrüstet aufstand und sich so entschlossen vor Cynthia hinstellte, als ob sie Mr. Preston selbst vor sich gehabt hätte. „Ich fürchte mich nicht vor ihm! Mich zu beleidigen wird er nicht wagen, oder, wenn er es thut, so mache ich mir nichts daraus. Ich werde ihm Deine Briefe abverlangen und wohl sehen, ob er sich weigert!"

„Du kennst ihn nicht," sagte Cynthia, den Kopf schüttelnd. „Er hat mehrere Zusammenkünfte mit

mir gehabt, gerade als ob er das Geld — welches
schon seit vier Monaten fertig eingesiegelt für ihn
bereit liegt — zurücknehmen ober mir meine Briefe
wiebergeben wollte. Der arme, arme Roger! Er
hat von biesem Allen keine Ahnung. Wenn ich im
Begriff stehe, Worte der Liebe an ihn zu schreiben,
so thue ich mir plötzlich wieder Einhalt, benn ich
habe ja an jenen anbern Mann eben so liebreiche
Worte geschrieben. Erführe Mr. Preston, baß ich
mit Roger verlobt bin, so würde er sich sowohl an
ihm als an mir zu rächen suchen, unb uns mit
Hülfe jener unglücklichen Briefe so viel Qual als
möglich bereiten. Ich war noch nicht sechzehn Jahr,
als ich bieselben schrieb, Molly, unb es sinb im
Ganzen ihrer nur sieben. Sie gleichen aber einer
Mine unter meinen Füßen, bie jeben Tag unb
jebe Stunbe auffliegen unb mir ben Untergang be=
reiten kann.''

„Wie kann ich biese Briefe in meinen Besitz
bringen?'' sagte Molly nachbenklich; „benn haben
muß ich sie! Wenn Papa mir zur Seite steht, so
wirb unser Feinb sich nicht länger weigern.''

„Ja, bas ist es ja aber eben, baß er bas weiß.
Meine Furcht vor Deinem Vater für ben Fall, baß
bieser etwas erführe, quält mich mehr als irgenb
etwas Anberes.''

„Unb bennoch glaubt er, er liebe Dich?''

„Es ist bies so seine Art unb Weise, zu lieben,''
entgegnete Cynthia. „Er sagt oft, es sei ihm ganz

gleich, was ich thue, dafern er mich nur zwingen
könne, die Seine zu werden. Gelänge ihm das,
dann sei er auch überzeugt, daß er im Stande sein
würde, mir Liebe einzuflößen."

Cynthia begann theils vor körperlicher Er=
schöpfung, theils vor Verzweiflung des Gemüths
zu weinen, Molly umschlang sie mit ihren Armen,
drückte ihr schönes Haupt an ihre Brust und suchte
sie mit freundlichen, sanft geflüsterten Worten zu
beschwichtigen, gerade als ob sie es mit einem Kind
zu thun hätte.

„Ach, welch ein Trost ist es für mich, Dir Alles
gesagt zu haben!" murmelte Cynthia.

„Ich weiß," antwortete Molly, „daß wir das
Recht auf unserer Seite haben, und dies giebt mir
die Gewißheit, daß er die Briefe herausgeben wird
und muß!"

„Und wird er auch das Geld nehmen?" setzte
Cynthia hinzu, indem sie den Kopf emporrichtete
und Molly erwartungsvoll ansah. „Er muß das
Geld nehmen! O, Molly, Du kannst in dieser
Sache nichts ausrichten, ohne daß Dein Vater etwas
davon erführe. Lieber will ich als Gouvernante
nach Rußland gehen. Nein, Dein Vater darf nichts
erfahren," fuhr sie fast schaudernd fort. „Ich
könnte es nicht ertragen. Ich weiß nicht, was ich
dann thäte. Nicht wahr, Du versprichst mir, ihm
eben so wenig etwas mitzutheilen, wie meiner
Mutter?"

5*

„Ich verspreche es Dir. Du kannst Dir doch denken, daß ich stets bereit bin, Alles zu thun, was —"

Sie wollte sagen: „Was Dir oder Roger Schmerz ersparen kann."

Cynthia aber unterbrach sie, indem sie ausrief: „Du darfst Deinem Vater unter keiner Bedingung etwas sagen! Wenn Dein Vorhaben auch mißlingt, so werde ich Dir doch stets dankbar sein, daß Du versucht hast, mir einen Dienst zu leisten, und ich werde dann nicht schlimmer daran sein als vorher. Ich werde vielmehr besser daran sein, denn ich werde den Trost Deines Mitgefühls haben. Versprich mir aber nochmals, Deinem Vater nichts zu sagen."

„Ich habe Dir es schon versprochen," sagte Molly, „aber ich verspreche es Dir noch einmal. Deshalb lege Dich nun zu Bett und sieh', ob Du ruhen und schlafen kannst. Du siehst leichenblaß aus und wirst krank werden, wenn Du Dir nicht einige Ruhe gönnst. Es ist schon zwei Uhr vorbei, und Du zitterst vor Kälte."

Somit wünschten die beiden Mädchen einander gute Nacht. Als Molly aber in ihr eigenes Zimmer kam, ward ihr der Muth, den sie bis jetzt gezeigt, mit einem Male untreu. Sie warf sich angekleidet, wie sie war, auf ihr Bett, denn sie fühlte sich völlig erschöpft und kraftlos. Wenn Roger zufällig Alles erfuhr, so wußte sie, daß seine Liebe zu Cynthia

dadurch erschüttert werden würde. Und dennoch,
war es wohl recht, es ihm zu verschweigen? Sie
mußte Cynthia deshalb zu überreden suchen, ihm,
sobald er nach England zurückkäme, offen und ehr=
lich Alles zu bekennen. Ein unumwundenes Ge=
ständniß von ihrer Seite mußte den Schmerz, der
ihm allerdings nicht erspart werden konnte, bedeu=
tend lindern.

Sie verlor sich in Gedanken an Roger — was
er fühlen, was er sagen, wie dieses Wiedersehen zu
Stande kommen würde; wo er in diesem Augen=
blick wohl sei u. s. w., bis sie sich plötzlich auf=
raffte und bedachte, wozu sie sich erboten und was
sie versprochen zu thun. Jetzt, wo der erste En=
thusiasmus vorüber war, sah sie die Schwierigkeiten
deutlicher, und die erste von allen war, auf welche
Weise sie es möglich machen sollte, eine Unter=
redung mit Mr. Preston zu erlangen. Wie aber
hatte Cynthia es denn möglich gemacht? Und
auf welche Weise hatten sie Briefe mit einander ge=
wechselt?

Molly mußte sich, wenn auch widerstrebend, ge=
stehen, daß Cynthia hinter ihrer anscheinenden Offen=
heit Vieles zu verbergen gewußt, was sie Anderen
nicht sehen lassen wollte, und Molly begann nun
zu fürchten, daß ihr selbst, wenn sie mit Erfolg
für ihre Freundin thätig sein wollte, nichts Anderes
übrig bleiben würde, als dasselbe Verfahren ein=

zuschlagen. Dennoch aber nahm sie sich vor, immer den geraden Weg zu gehen und von demselben blos abzuweichen, wenn es geschehen müßte, um den Personen, welche sie liebte, Schmerz zu ersparen.

Viertes Kapitel.

Molly Gibson als Vermittlerin.

Nach den Stürmen des vergangenen Abends und der Nacht kam es Molly fast seltsam vor, Alle in gewohnter Weise ruhig beim Frühstück versammelt zu sehen.

Cynthia war allerdings noch blaß, sprach aber in ihrem gewöhnlichen Tone über allerlei Dinge, während Molly zuhörend und sich im Stillen wundernd dabei saß, und immer mehr die Ueberzeugung gewann, daß Cynthia im Verbergen ihrer wirklichen Gedanken und geheimen Kümmernisse sich viel Erfahrung angeeignet haben müsse, um einen solchen Anschein von Gelassenheit zu bewahren.

Unter den Briefen, die an diesem Morgen eingingen, befand sich auch einer von den Londoner Kirkpatricks, aber nicht von Helenen, die Cynthia's specielle Correspondentin war. Eine Schwester schrieb, um Helene zu entschuldigen und zu melden, daß

diese nicht wohl sei. Sie habe die Grippe gehabt und fühle sich jetzt noch sehr schwach und ange=
griffen.

„Es wäre am besten, sie versuchte es mit einem Luftwechsel und käme hieher zu uns; dann würde sie sich bald erholen," sagte Mr. Gibson. „Auf dem Lande ist zu dieser Zeit des Jahres viel ge=
sünder zu leben als in London, ausgenommen wenn man dort an einem freien, von Bäumen um=
gebenen Orte wohnt. Unser Haus ist trocken, liegt hoch und auf kiesigem Boden; auch bin ich recht gern erbötig, der jungen Dame meinen ärztlichen Rath umsonst zu spenden."

„Ach, das wäre herrlich!" sagte Mistreß Gib=
son, indem sie rasch bei sich überlegte, welche Ver=
änderungen wohl in ihrer häuslichen Oekonomie nöthig sein würden, ehe sie eine junge Dame, die an einen Haushalt wie der Mr. Kirkpatrick's ge=
wöhnt war, bei sich aufnehmen könnte. Zugleich berechnete sie, während sie sprach, die nothwendiger Weise sich ergebenden Unbequemlichkeiten, und wog dieselben gegen die wahrscheinlichen Vortheile ab.

„Würdest Du es nicht gern sehen, Cynthia, wenn Helene zu uns käme, und Du auch, Molly?" fragte sie. „Du würdest auf diese Weise mit einer von Mr. Kirkpatrick's Töchtern bekannt, und ich zweifle nicht, daß man Dich später einmal ebenfalls einladen würde, was sehr hübsch wäre."

„Ich würde sie aber nicht gehen lassen," sagte

Mr. Gibson, der jetzt eine sehr unglückliche Geübt=
heit, in den Gedanken seiner Gattin zu lesen,
besaß.

„Die gute, liebe Helene!" fuhr Mistreß Gibson
fort. „O, wie gern würde ich sie pflegen! Wir
könnten Dein Consultationszimmer in ihr Privat=
zimmer verwandeln, lieber Gibson."

Wir brauchen nicht erst zu bemerken, daß die
Unbequemlichkeit, eine Person mehrere Wochen lang
hinter den Coulissen zu haben; am schwersten in
die Wagschale fiel.

„Bei einer Kranken," setzte die Gattin des
Arztes hinzu, „spielt die Ruhe und Ungestörtheit
eine gar so wichtige Rolle. Im Gesellschaftszimmer
zu bleiben, ist ihr nicht anzurathen, denn dann
würde sie durch fortwährenden Besuch beunruhigt
werden, und das Speisezimmer ist deshalb kein em=
pfehlenswerther Aufenthalt, weil der Fleischgeruch
nicht daraus wegzubringen ist. Ganz anders wäre
es, wenn Du mir erlaubt hättest, jenes Fenster
durchbrechen zu lassen —"

„Warum kann sie aber nicht Dein Ankleide=
zimmer zum Schlafzimmer und das kleine Gemach
neben dem Salon zum Wohnzimmer angewiesen
erhalten?" fragte Mr. Gibson.

„Du meinst die Bibliothek," antwortete Mistreß
Gibson, die mit diesem Namen eine Räumlichkeit
bezeichnete, welche früher die „Bücherkammer" ge=
nannt worden war. „Da hat ja aber kaum ein

Sopha Platz," fuhr sie fort, „wenn nicht die Bücher herausgeschafft und der Schreibtisch daraus entfernt werden sollen. Ueberdies zieht es darin von allen Seiten, und dieser Ort wäre daher der allerunpassendste für eine Reconvalescentin. Nein, mein Freund, das geht nicht, und ich glaube, es ist am besten, wenn wir Helene nicht einladen. Sie hat es daheim weit bequemer."

„Na, meinetwegen," sagte Mr. Gibson, dem an der ganzen Sache nicht so viel lag, daß er geneigt gewesen wäre, mit seiner Gattin noch eine Lanze deswegen zu brechen. „Du kannst recht haben. Es giebt hier etwas zu bedenken, was noch wichtiger ist als frische Luft, nämlich die häusliche Bequemlichkeit. Manche Leute können den Mangel derselben oft schwerer ertragen, als den Mangel an frischer Luft. Du weißt, ich würde mich freuen, wenn die junge Dame zu uns kommen und uns nehmen wollte, wie wir sind, aber das Consultationszimmer kann ich nicht hergeben. Dies brauche ich; es ist mein tägliches Brot."

„Ich werde schreiben und meinen Verwandten sagen, wie freundlich Papa ist," sagte Mistreß Gibson sehr zufrieden, als der Arzt das Zimmer verlassen hatte. „Sie werden ihm dann eben so zu Dank verpflichtet sein, als ob Helene wirklich hier bei uns gewesen wäre."

Entweder in Folge der Nachricht von Helenens Krankheit oder auch aus einem andern Grunde

warb Cynthia nach dem Frühstück sehr wortkarg
und zerstreut. Diese Stimmung dauerte den gan=
zen Tag hindurch, aber Molly verstand jetzt, warum
die Gemüthsstimmung ihrer Schwester schon seit
vielen Monaten so veränderlich gewesen wie heute,
und zeigte sich demgemäß zärtlich und nachsichtig
gegen sie.

Gegen Abend, als die beiden Mädchen mit ein=
ander allein waren, erhob sich Cynthia und stellte
sich dicht neben Molly, so daß diese ihr nicht in's
Gesicht sehen konnte.

„Molly, willst Du es thun? Willst Du thun,
was Du vorige Nacht sagtest? Ich habe den gan=
zen Tag daran gedacht, und zuweilen glaube ich, er
würde Dir die Briefe zurückgeben, wenn Du ihn
darum bäteft. Er denkt vielleicht — auf jeden Fall
verlohnt es der Mühe, einen Versuch zu machen,
wenn es Dir nämlich nicht allzu sehr widerstrebt."

Nun geschah es, daß Molly, so oft sie daran
dachte, sich mit der Idee der vorgeschlagenen Unter=
redung mit Mr. Preston immer weniger zu befreun=
den vermochte. Dennoch aber war das Anerbieten
von ihr selbst ausgegangen, und sie konnte weder
davon zurücktreten, noch wollte sie es. Wenn sie
that, wie sie gesagt, so nützte sie vielleicht; schaden
konnte sie, wie sie glaubte, dadurch unmöglich. Des=
halb gab sie ihre Zustimmung und versuchte ihren
Widerwillen zu verhehlen, obschon derselbe, sowie

Cynthia in aller Eile die Einzelheiten anordnete, immer stärker und stärker ward.

„Du wirst ihn in der von dem Parkthore nach dem Schlosse führenden Allee treffen. Er passirt diesen Weg sehr oft, weil er Verrichtung im Schlosse hat. Du kannst, wie wir oft gethan haben, zum Parkthor hineingehen. Du wirst nicht weit zu ge= hen brauchen."

Molly konnte sich des Gedankens nicht erwehren, daß Cynthia in diesen Dingen Erfahrung besitzen müsse, um alle diese Arrangements treffen zu kön= nen, und sie wagte zu fragen, auf welche Weise sie diese Kenntniß erlangt habe.

Cynthia erröthete blos und antwortete:

O, laß das nur gut sein! Er wird nur zu gern kommen; Du hörtest selbst ihn sagen, daß er die Sache weiter zu besprechen wünsche. Es ist das erste Mal, daß die Annäherung von meiner Seite geschieht. Ach, wenn Du mich frei machen kannst, Molly, wie will ich Dich dann lieben und Dir mein ganzes Leben lang dankbar sein!"

Molly dachte an Roger, und dieser Gedanke be= wog sie zu sagen:

„Es muß furchtbar sein. Ich glaube Muth zu besitzen, aber ich glaube nicht, daß ich selbst Ro= ger's Anerbieten hätte annehmen können, so lange ich in einem erst halb gelösten Verhältniß zu einem Andern gestanden hätte."

Sie erröthete, indem sie dies sagte.

„Du vergiffeft, wie ich Mr. Prefton verabfcheue!"
fagte Cynthia. „Mehr biefer Umftand, als ein
Uebermaß von Liebe für Roger machte mich bank=
bar bafür, baß ich mich nun wenigftens eben fo
ficher an einen Anbern gebunben fühlen konnte.
Roger wollte es nicht ein förmliches Verlöbniß nen=
nen, ich aber nannte es fo, weil es mir bas Gefühl
ber Gewißheit gab, nun von Mr. Prefton frei zu
fein. Unb ich bin es auch! Nur biefe Briefe hin=
bern mich noch. O, wenn Du ihn bewegen könn=
teft, biefes abfcheuliche Gelb zurückzunehmen unb
mir meine Briefe wiederzugeben! Dann könnten
wir Alles in bas Meer ber Vergeffenheit verfenken.
Er könnte eine Anbere unb ich könnte Roger hei=
rathen, unb Niemanb würbe wiffen, was vorherge=
gangen ift. Im Grunbe genommen war es auch
blos etwas, was man im Leben Jugenbthorheiten
zu nennen pflegt. Uebrigens kannft Du Mr. Pre=
fton fagen, fobalb er meine Briefe Deinem Vater
ober fonft Jemanbem zeigt, würbe ich Hollingforb
verlaffen unb nie wiederkommen."

So mit Aufträgen belaben, beren fie fich, wie
fie fühlte, niemals entlebigen konnte; ohne recht zu
wiffen, wie fie fagen follte; mit ber Art unb Weife,
auf welche Cynthia über ihr Verhältniß zu Roger
fprach, burchaus nicht zufrieden; niebergebrückt von
bem Gefühl ihrer Mitfchulb an einem Beginnen,
welches kein offenes unb ehrliches genannt werben
konnte, bennoch aber entfchloffen, Alles zu tragen

unb Allem zu trotzen, um nur Cynthia wieder auf
ben rechten Weg zurückzuführen, machte Molly sich
auf nach bem bezeichneten Orte.

Es war ein trüber, rauher Tag, unb bas Heulen
bes Winbes unter ben beinahe völlig entblätterten
Zweigen ber großen Bäume schlug an ihr Ohr, als
sie burch bas Parkthor ging unb bie Allee betrat.

Sie ging rasch. Sie wünschte instinctartig, ihr
Blut ein wenig in Wallung zu bringen, um keine
Zeit zum Nachbenken zu haben. Von bem Park=
thore an beschrieb bie Allee ungefähr eine Viertel=
meile lang einen Bogen unb führte bann in geraber
Linie nach bem Schlosse, welches jetzt öbe unb ver=
lassen stanb.

Molly wollte nicht gern bas Parkthor aus ben
Augen verlieren, unb blieb, ziemlich am Enbe ber
Biegung angelangt, bicht am Stamme eines ber
Bäume stehen.

Es bauerte nicht lange, so hörte sie nahenbe
Tritte auf bem Grase. Es war Mr. Preston. Er
sah bie halb hinter bem Baumstamme verborgene
Frauengestalt unb zweifelte nicht, baß es Cynthia
sei. Als er aber näher kam, brehte bie Gestalt sich
herum, unb anstatt ber blühenben Züge Cynthia's
sah er bas bleiche, entschlossene Antlitz Molly's.

Sie begrüßte ihn nicht; obschon er aber aus
ihrer Blässe unb Schüchternheit schloß, baß sie sich
vor ihm fürchte, so begegneten boch ihre ruhigen
grauen Augen ben seinen mit muthiger Unschulb.

„Cynthia kann wohl nicht kommen?" fragte er, als er bemerkte, daß sie ihn erwartete.

„Ich habe nicht gewußt, daß Sie ihr hier zu begegnen geglaubt," sagte Molly ein wenig über= rascht. In ihrer Einfalt hatte sie geglaubt, Cyn= thia habe ihm zu wissen gethan, daß sie, Molly Gibson, ihn hier und zu dieser Stunde treffen wolle. Cynthia aber war viel zu schlau gewesen, um dies zu thun, und hatte ihn vielmehr durch ein in unbestimmten Ausdrücken abgefaßtes Billet hie= her gelockt, welches, ohne thatsächliche Unwahrheiten zu enthalten, ihn gleichwohl bewog, zu glauben, daß sie selbst ihm das Stelldichein geben wolle.

„Sie schrieb, sie würde hier sein," sagte Mr. Preston, außerordentlich ärgerlich darüber, daß er sich, wie er nun wohl einsah, zu einer Zusammen= kunft mit Miß Gibson hatte verlocken lassen.

Molly zögerte ein wenig, ehe sie sprach. Er war entschlossen, das Schweigen nicht zu brechen. Da sie sich in diese Angelegenheit eingedrängt hatte, so sollte sie ihre Situation auch so peinlich als möglich finden.

„Wenigstens hat sie mich hieher geschickt, um Sie hier zu treffen," sagte Molly. „Sie hat mir genau gesagt, wie die Sachen zwischen Ihnen und ihr stehen."

„So?" entgegnete er in höhnischem Tone. „Sie ist sonst nicht immer die offenste oder zuverlässigste Person von der Welt."

Molly erröthete. Der Ton, in welchem Mr. Preston sprach, verletzte sie, und ihr Temperament war keins von den kältesten. Dennoch aber bemeisterte sie sich und gewann dadurch Muth. „Sie sollten nicht so von einer Dame sprechen, deren Hand zu besitzen Ihr selbsterklärter Wunsch ist," sagte sie. „Doch will ich hiervon weiter nicht sprechen, sondern komme sofort zur Sache. Sie haben einige Briefe von ihr, welche sie zurückzuhaben wünscht."

„Das glaube ich."

„Und welche Sie kein Recht haben zu behalten."

„Kein gesetzliches oder kein moralisches? Was meinen Sie?"

„Das weiß ich nicht. Ich will weiter nichts sagen, als daß Sie als Mann von Ehre nicht das Recht haben, die Briefe einer Dame, wenn sie dieselben zurückverlangt, zu behalten, noch viel weniger aber ihr mit Veröffentlichung zu drohen."

„Ich sehe, daß Sie von Allem unterrichtet sind, Miß Gibson," sagte Mr. Preston, indem er einen ehrerbietigeren Ton anschlug. „Wenigstens hat Cynthia Ihnen ihre Geschichte nach ihrer Weise, von ihrem Gesichtspunkt aus erzählt, hören Sie dieselbe nun auch von dem meinigen aus. Sie versprach mir, so feierlich wie jemals ein Weib —"

„Sie war damals fast noch ein Kind; sie zählte kaum sechzehn Jahre."

„Dann war sie doch jedenfalls alt genug, um

zu wissen, was sie that. Sie versprach mir feier=
lich, die Meine zu werden, und stellte dabei blos
die einzige Bedingung, daß unser Verhältniß vor
der Hand geheim gehalten würde und daß ich bis
zu einer bestimmten Zeit wartete. Sie schrieb mir
mehrere Briefe, worin sie dieses Versprechen wie=
derholte, und die vertraulich genug waren, um zu
beweisen, daß sie sich wirklich als an mich gebunden
betrachtete. Ich will mich nicht für besser ausgeben,
als ich bin, und ich weiß, daß ich sonst mein pecu=
niäres Interesse gut wahrzunehmen verstehe. Sie
wissen selbst, welche Stellung Cynthia als vermögen=
loses Mädchen einnimmt, und daß sie damals keine
einflußreichen Connexionen besaß, welche die Stelle
des Reichthums hätten vertreten und mir von Nutzen
sein können. Meine Leidenschaft war eine so auf=
richtige und uneigennützige, wie je ein Mann ge=
fühlt; dies muß Cynthia selbst sagen. Ich hätte
zwei oder drei junge Damen mit ansehnlichem Ver=
mögen heirathen können; eine davon war oben=
drein sehr schön und mir durchaus nicht abgeneigt."

Molly unterbrach ihn; sein dünkelhaftes Wesen
machte sie ungeduldig.

„Ich bitte um Verzeihung," sagte sie; ich wünsche
aber nicht, junge Damen schildern zu hören, welche
Sie hätten heirathen können. Ich bin einfach im
Auftrage Cynthia's hier, welche Sie nicht leiden
kann und Sie nicht zu heirathen wünscht."

„Nun dann muß ich sie zwingen, mich zu

leiben, wie Sie es nennen. Früher konnte sie
mich leiden, und sie gab mir Versprechungen, in
Bezug auf welche sie finden wird, daß zum Brechen
derselben die Zustimmung zweier Personen gehört.
Ich verzweifle auch nicht daran, ihr wieder dieselbe
Liebe einzuflößen, welche sie ihren Briefen nach
früher gegen mich hegte. Wenigstens wird dies
geschehen, wenn wir einmal verheirathet sind."

„Sie wird sich nie mit Ihnen vermählen!" sagte
Molly in festem Tone.

„Nun wenn sie dann jemals einen Andern mit
ihrer Bevorzugung beehrt, so soll diesem die Durch=
sicht ihrer Briefe gestattet sein."

Molly hätte fast lachen können, so sicher und
fest überzeugt war sie, daß Roger niemals Briefe
lesen würde, die man ihm unter diesen Umständen
darböte. Dann aber bedachte sie, wie peinlich ihn
diese Sache und die Begegnung mit Mr. Preston
berühren würde, besonders wenn nicht Cynthia selbst
ihn zuerst von diesen Vorgängen in Kenntniß setzte.
Wenn sie, Molly, ihm Schmerz ersparen konnte,
so wollte sie es thun.

Ehe sie jedoch noch mit sich selbst einig war, was
sie sagen solle, hob Mr. Preston wieder an:

„Kürzlich sagten Sie, Cynthia sei versprochen.
Darf ich fragen, mit wem?"

„Nein," sagte Molly, „das dürfen Sie nicht.
Sie hörten sie selbst sagen, daß es kein eigentliches
Verlöbniß sei. Ein solches ist es auch in der That

nicht; wäre es aber auch eins, glauben Sie benn,
baß ich Ihnen nach bem, was Sie vorhin sagten,
nähere Mittheilung machen würde? Gleichwohl
können Sie überzeugt sein, baß ber betreffende
Gentleman niemals eine Zeile von biesen Briefen
lesen würde. Er ist zu — boch nein! Ich will
vor Ihnen nicht von ihm sprechen. Sie könnten
ihn boch niemals verstehen."

„Nach meinem Dafürhalten ist bieser geheim=
nißvolle Er sehr glücklich baran, eine so warme
Vertheibigerin an Miß Gibson zu haben, zu welcher
er burchaus in keinem näheren Verhältniß steht,"
sagte Mr. Preston mit einem so unangenehmen
Ausbruck in seinen Zügen, baß Molly plötzlich nahe
baran war, in Thränen auszubrechen. Sie faßte
sich jeboch gewaltsam und kämpfte weiter, zunächst
für Cynthia, zugleich aber auch für Roger.

„Kein ehrenwerther Mann unb keine ehren=
werthe Dame wird biese Briefe lesen," sagte sie,
unb wenn Jemand sie liest, so wird er sich bessen
so schämen, baß er nicht wagen wird, bavon zu
sprechen. Welchen Nutzen können biese Briefe ba=
her für Sie haben?"

„Sie enthalten Cynthia's wieberholtes Ehever=
sprechen," antwortete er.

„Sie sagt aber, sie werbe lieber Hollingforb
für immer verlassen unb ihr Brot im Auslanbe
unter fremben Leuten verbienen, als bie Ihrige
werben."

Mr. Preston's Gesicht veränderte sich ein wenig und nahm einen so schmerzlich gekränkten Ausdruck an, daß Molly fast Mitleid mit ihm empfand.

„Sagte Sie Ihnen das mit ruhiger Ueberlegung?" fragte er. „Wissen Sie, daß Sie mir sehr harte Wahrheiten sagen, Miß Gibson? Wenn es nämlich Wahrheiten sind," fuhr er sich wieder ein wenig fassend fort. „Junge Damen sind mit dem Wort „Haß" und „Abscheu" sehr leicht bei der Hand. Ich habe viele gekannt, welche diese Ausdrücke Männern gegenüber anwendeten, von denen sie gleichwohl geheirathet zu werden hofften."

„Von anderen Leuten kann ich nicht sprechen," sagte Molly. „Ich weiß blos, daß Cynthia —"

Sie zögerte einige Augenblicke, denn ihr Mitleid regte sich wieder; sie gebot demselben aber Schweigen und fuhr fort:

„Ich weiß blos, daß Cynthia Sie so haßt, wie Jemand von Cynthia's Charakter überhaupt hassen kann."

„Von Cynthia's Charakter?" wiederholte er fast mechanisch, um nur irgend etwas aufzugreifen, dahinter er seinen Verdruß verbergen könnte.

„Ich meine, ich würde schlimmer hassen," sagte Molly in leisem Tone.

Mr. Preston achtete jedoch nicht auf ihre Antwort. Er bohrte die Spitze seines Stocks in den

Nafen hinein und heftete seine Augen auf diese
Stelle.

„Wollen Sie also Cynthia's Briefe ihr durch
mich zurücksenden?" fragte Molly. „Ich versichere
Ihnen auf's bestimmteste, daß sie sich nicht zwingen
lassen wird, Sie zu heirathen, Mr. Preston."

„Sie sind sehr naiv, Miß Gibson," sagte er,
indem er plötzlich den Kopf emporrichtete. „Sie
scheinen gar nicht zu wissen, daß es außer der
Liebe noch andere Gefühle giebt, welche befrie=
digt werden können. Haben Sie niemals etwas
von Rache gehört? Cynthia hat mich durch Ver=
sprechungen hingehalten, und so wenig sie selbst
oder auch Sie, Miß Gibson, es glauben mögen —
doch es kann nichts nützen, davon zu sprechen. Ich
will blos sagen, daß ich nicht gesonnen bin, ihr die
verdiente Züchtigung zu ersparen. Das können Sie
ihr sagen. Ich werde die Briefe behalten und, so=
bald die Gelegenheit sich darbietet, den mir ange=
messen scheinenden Gebrauch davon machen."

Molly fühlte sich höchst unglücklich, daß sie durch
ihre Einmischung kein besseres Resultat erzielt. Sie
hatte gehofft, ihren Zweck zu erreichen, die Sache
aber nur noch schlimmer gemacht. Welches neue
Arrangement konnte sie geltend machen?

Mr. Preston bedachte, wie diese beiden Mädchen
von ihm gesprochen haben müßten, und die Wuth
der getäuschten Liebe ward durch die verletzte Eitel=

keit nur noch mehr angestachelt. Nach einer Weile
hob er wieder an:

„Mr. Osborne Hamley wird vielleicht von dem
Inhalt dieser Briefe hören, wenn er auch zu ehren=
haft ist, um sie zu lesen. Ja vielleicht sogar Ihr Vater,
Miß Gibson, erfährt etwas davon, und wenn ich
mich recht entsinne, so spricht Miß Cynthia Kirk=
patrick in diesen Briefen von der Dame, welche
jetzt Mistreß Gibson heißt, nicht immer in den ehr=
erbietigsten Ausdrücken. Es sind —“

„Schweigen Sie!“ sagte Molly. „Ich mag
nichts von dem Inhalt dieser Briefe hören, welche
Cynthia, als sie fast ohne Freunde war, an Sie
geschrieben, den sie als ihren Freund betrachtete. Ich
habe mir jedoch überlegt, was ich nun thun werde.
Ich sage es Ihnen im Voraus, damit sie sich dar=
nach richten können. Anfangs hatte ich mir vor=
genommen, meinen Vater von dieser ganzen Ange=
legenheit in Kenntniß zu setzen; Cynthia aber nahm
mir das Versprechen ab, dies nicht thun zu wollen.
Deshalb werde ich nun Alles von Anfang bis zu
Ende Lady Harriet erzählen und diese bitten, mit
ihrem Vater darüber zu sprechen. Ich bin über=
zeugt, daß sie es thun wird, und ich glaube nicht,
daß Sie wagen werden, Lord Cumnor Trotz zu
bieten.“

Mr. Preston fühlte sofort, daß er dies in der
That nicht wagen würde, denn ein so gewandter
Geschäftsmann er auch war, und wie hoch er auch

demzufolge in der Gunst des Lords stand, so war
doch die Handlungsweise, deren er sich in Bezug
auf jene Briefe schuldig gemacht, und die Drohung,
welche er in dieser Beziehung ausgesprochen, von
der Art, daß kein Mann von Ehre einem seiner
Untergebenen so etwas nachsehen konnte.

Dies wußte Mr. Preston, und er fragte sich,
wie sie, das vor ihm stehende Mädchen, dies aus=
findig gemacht habe. Er bewunderte sie deswegen
förmlich und vergaß darüber einen Augenblick lang
sich selbst. Da stand sie, schüchtern und doch muthig,
fest an dem haltend, was sie sich vorgenommen, selbst
als die Sache einen für sie höchst ungünstigen An=
schein gewann. Außerdem ward er vielleicht am
meisten dadurch betroffen gemacht, daß Molly, gleich
einem reinen Engel des Himmels, gar nicht zu
wissen schien, daß er ein junger Mann und sie
ein junges Mädchen war.

Obschon er aber fühlte, daß er sich würde fügen
und die Briefe herausgeben müssen, so war er doch
nicht gesonnen, dies sofort zu thun, und während
er überlegte, was er sagen solle, um einem Zuge=
ständniß aus dem Wege zu gehen, bis er Zeit gehabt
haben würde, sich die Sache zu überlegen, hörte er
mit seinem geübten Ohr plötzlich das Traben eines
Pferdes, welches rasch auf dem Kiese des Fahrweges
daherkam.

Einen Augenblick später hörte es auch Molly.
Er sah den Ausdruck des Schreckens auf ihrem

Gesicht, und sie stand im Begriff, eiligst die Flucht zu ergreifen, Mr. Preston aber ergriff sie beim Arme.

„Bleiben Sie," sagte er. „Sie können nicht vermeiden, gesehen zu werden, und Sie wenigstens haben ja nichts gethan, dessen Sie sich zu schämen brauchten."

Während Mr. Preston noch sprach, kam Mr. Sheepshank die Biegung der Straße herumgeritten und befand sich mit einem Male in unmittelbarer Nähe. Mr. Preston sah, wenn auch Molly nichts davon bemerkte, den schelmischen Ausdruck, der über das verschmitzte Gesicht des alten Herrn zuckte, achtete aber weiter nicht darauf, sondern ging auf seinen Collegen, der sofort Halt machte, zu und redete ihn an.

„Miß Gibson, gehorsamer Diener," sagte Mr. Sheepshank. „Ein rauher Tag heute für eine junge Dame, um spazieren zu gehen, und kalt sollte ich meinen, um lange im Freien stehen zu bleiben; nicht wahr, Preston?" setzte er hinzu, indem er den jungen Mann bedeutsam mit seiner Reitgerte an der Schulter berührte.

„Ja," sagte Mr. Preston, „ich fürchte in der That, daß ich Miß Gibson zu lange aufgehalten habe."

Molly wußte nicht, was sie sagen oder thun sollte. Deshalb verneigte sie sich blos schweigend und drehte sich herum, um nach Hause zu gehen,

während ihr der Nichterfolg ihres Unternehmens
schwer auf dem Herzen lastete. Sie wußte nämlich
nicht, daß sie factisch gesiegt hatte, obschon Mr.
Preston dies jetzt vielleicht sich selbst noch nicht ge=
stand.

Ehe sie noch weit genug fort war, um nicht
verstehen zu können, was von den beiden Män=
nern gesprochen ward, hörte sie Mr. Sheepshank
sagen:

„Es thut mir leid, daß ich Ihr tête-à-tête ge=
stört habe, Preston.“

Obschon jedoch Molly diese Worte hörte, so
verstand sie doch nicht den versteckten Sinn der=
selben. Sie fühlte blos, mit welcher Siegesgewiß=
heit und Zuversicht sie hieher gegangen war, und
daß sie jetzt geschlagen wieder zu Cynthia zurück=
kehrte.

Cynthia stand schon auf der Lauer, kam sofort
die Treppe herabgeeilt und zerrte Molly in das
Speisezimmer.

„Nun, Molly? Ach, ich sehe, daß Du die Briefe
nicht hast,“ sagte sie. „Indessen, ich erwartete dies
auch nicht.“

Sie setzte sich, als ob sie in dieser Positur ihre
getäuschte Erwartung leichter ertragen könnte, und
Molly stand wie eine Verbrecherin vor ihr.

„Es thut mir so leid!“ stammelte sie. „Ich that
Alles, was ich konnte; wir wurden aber unter=
brochen; Mr. Sheepshank kam dazu.“

„Der einfältige alte Mann! Glaubst Du, daß Du Mr. Preston überredet haben würdest, die Briefe herauszugeben, wenn Du mehr Zeit gehabt hättest?"

„Ich weiß es nicht. Ich wünschte aber, Mr. Sheepshank wäre nicht dazu gekommen. Es war mir durchaus nicht lieb, daß er mich bei Mr. Preston stehend und mit demselben sprechend antraf."

„O, er wird sich dabei weiter nichts gedacht haben. Was sagte er? Mr. Preston, meine ich."

„Er schien zu glauben, daß Du noch vollständig an ihn gebunden seiest, und er betrachtet diese Briefe als den einzigen Beweis, den er dafür hat, daß er Dich nach seiner Weise liebt."

„Nach seiner Weise, ja!" wiederholte Cynthia verächtlich.

„Je mehr ich darüber nachdenke, desto mehr sehe ich ein, wie gut es wäre, wenn Papa mit ihm spräche. Ich sagte, ich wollte Alles Lady Harriet erzählen und es auf diese Weise dahin bringen, daß Lord Cumnor ihn aufforderte, die Briefe herauszugeben. Es wäre dies aber auch eine mißliche Sache."

„Ja wohl," sagte Cynthia düster vor sich hinblickend. „Uebrigens würde Mr. Preston auch sofort sehen, daß es sich blos um eine Drohung handelt."

„Aber wenn Du es wünscheſt, ſo bin ich be=
reit, es ſofort zu thun. Es war mir mit dem, was
ich ſagte, völliger Ernſt; nur bin ich überzeugt,
daß Papa die Sache am allerbeſten und ohne alles
Aufſehen führen könnte."

„Ich will Dir etwas ſagen, Molly. Du biſt
ſchon durch ein Verſprechen gebunden, das weißt
Du, und kannſt Deinem Vater nichts ſagen, ohne
Dein feierlich gegebenes Wort zu brechen. Ich ſage
Dir aber: Wenn Dein Vater jemals von dieſer
Geſchichte hört, ſo verlaſſe ich Hollingford, um nie
wiederzukehren. Nun weißt Du es."

Cynthia ſtand, nachdem ſie dies geſagt, auf und
begann in ihrer nervöſen Aufregung Molly's Shawl
zuſammenzufalten.

„O Cynthia — Roger!" rief Molly.

„Ja, ich weiß! Du brauchſt mich nicht an ihn
zu erinnern. Ich mag aber nicht in einem und
demſelben Hauſe mit Jemandem wohnen, der in
ſeinem Gemüth fortwährend Alles zuſammenrechnet,
was er zu meinem Nachtheil gehört. Ich weiß,
daß ich Fehler begangen, aber dieſelben klingen,
wenn ſie wieder erzählt werden, ſchlimmer, als ſie
bei Licht beſehen ſind. Ich ſehe Dir ſchon den
Unterſchied an, Molly. Du trägſt Deine Gedanken
in Deinem Geſicht. Ich leſe ſie ſchon ſeit zwei
Tagen. Du haſt gedacht und denkſt: „Wie muß
Cynthia mich hintergangen haben, da ſie während·
dieſer ganzen Zeit einen Briefwechſel geführt und

in Verhältnissen zu zwei Männern gestanden hat. Dieser Gedanke hat Dich mehr beschäftigt, als das Mitleid mit mir, als einem Mädchen, welches stets genöthigt gewesen ist, sich selbst den Weg zu suchen, ohne daß ihr ein rathender und schützender Freund zur Seite gestanden."

Molly schwieg.

Es lag in dem, was Cynthia sagte, viel Wahres, aber auch zugleich viel Unwahres. Während dieser ganzen langen achtundvierzig Stunden war Molly ihrer Liebe zu Cynthia auch nicht einen Augenblick untreu geworden, sondern hatte sich durch die Lage, in welcher letztere sich befand, tiefer niedergedrückt gefühlt als Cynthia selbst. Sie wußte auch — dies war jedoch erst ein zweiter Gedanke, der auf den andern folgte — daß sie sich die redlichste Mühe gegeben, um bei ihrer Unterredung mit Mr. Preston das Möglichste zu thun. Sie hatte sich über ihre Kräfte angestrengt, und große Thränen entrangen sich ihren Augen und perlten langsam ihre Wangen hinab.

„O welch ein Ungeheuer bin ich!" rief Cynthia, indem sie Molly's Thränen hinwegküßte. „Ich sehe — ich weiß, es ist die Wahrheit, und ich verdiene es — aber ich sollte Dir keine Vorwürfe machen."

„Du hast mir keine Vorwürfe gemacht," sagte Molly, indem sie zu lächeln versuchte. „Ich habe wohl so etwas gedacht, wie Du sagtest, aber ich

liebe Dich innig, innig, Cynthia! Ich an Deiner
Stelle würde ebenso gehandelt haben, wie Du."

„Nein, das würdest Du nicht, Molly," sagte
Cynthia. „Du bist aus anderem Stoffe geschaffen,
als ich."

———————

Fünftes Kapitel

Vertrauliche Mittheilungen.

Diesen ganzen übrigen Tag fühlte Molly sich gedrückt und unwohl. Etwas zu verschweigen zu haben war für sie ein so ungewöhnlicher, fast beispielloser Umstand, daß in ihr dadurch förmlich nagende Empfindungen geweckt wurden. Es war ein Alp, den sie nicht abschütteln konnte. Sie wünschte so innig, die ganze Sache vergessen zu können, und dennoch schien jedes kleine Vorkommniß sie daran zu erinnern.

Die Post des nächstfolgenden Morgens brachte mehrere Briefe, einen von Roger an Cynthia, und Molly, die selbst keinen bekommen, betrachtete Cynthia, während dieselbe las, mit Wehmuth und einem Anflug von Neid.

Es kam Molly vor, als ob Cynthia an diesen Briefen eigentlich nicht eher Genuß finden dürfe, als bis sie Roger von dem Verhältniß unterrichtet,

in welchem sie zu Mr. Preston stand; Cynthia aber
erröthete und lächelte vor Vergnügen, wie sie stets
that, wenn sie an sie gerichtete Worte des Lo=
bes oder der Bewunderung oder der Liebe hörte
oder las.

Molly's Gedanken wurden jedoch ebenso wie
Cynthia's Lectüre durch einen leichten triumphiren=
den Ausruf von Mistreß Gibson unterbrochen, welche
einen Brief, den sie soeben erhalten, ihrem Gatten
hinschob.

„Da! Ich muß gestehen, daß ich es erwartet
hatte," sagte sie und fuhr dann, sich zu Cynthia
wendend, fort: „Es ist ein Brief von Onkel Kirk=
patrick, mein Kind. Er wünscht, daß Du wieder
auf einige Zeit zu ihnen kommest und ihnen die
arme Helene aufheitern helfest. Ich fürchte, sie ist
noch sehr unwohl. Hier hätten wir sie aber doch
nicht für längere Zeit aufnehmen können, ohne den
guten Papa in seinem Consultationszimmer zu stö=
ren. Ich schrieb daher in meinem Briefe, wie leid
es Dir, Cynthia, thäte, ganz besonders Dir, weil
Du eine so intime Freundin von Helene bist, und
wie Du Dich sehntest ihr nützlich zu sein. Deshalb
wünscht man, daß Du unverweilt hinkommst, denn
Helene hat einmal keinen andern Wunsch, als Dich
in ihrer Nähe zu haben."

Cynthia's Augen begannen zu funkeln.

„Ja, ich würde sehr gern hingehen," sagte sie,
„wenn ich nur nicht zugleich Dich verlassen müßte,

Molly," setzte sie in leisem Tone und wie von plötz=
lichen Gewissensbissen ergriffen hinzu.

„Kannst Du Dich rasch genug fertig machen,
um schon heute Abend abzureisen?" fragte Mr.
Gibson. „Seltsamer Weise werde ich, nachdem ich
zwanzig Jahre lang in aller Ruhe hier in Holling=
forb practicire, heute zum ersten Mal zu einer
morgen in London stattfindenden Consultation wegen
Lady Cumnor gerufen. Ich fürchte, es geht mit
ihr nicht gut."

„Wie? was? die arme Lady! Du hast mich
durch diese Nachricht fast erschreckt. Wie froh bin
ich, daß ich schon gefrühstückt habe! Ich hätte jetzt
keinen Bissen mehr genießen können."

„Nun, ich sage blos, daß es mit ihr nicht gut
geht. Bei dem Uebel, an welchem sie leidet, ist je=
doch eine Verschlimmerung oft nur die Vorläuferin
einer Besserung. Du darfst in meinen Worten
nicht mehr sehen, als buchstäblich darin liegt."

„Ich danke Dir. Wie freundlich und rücksichts=
voll Du doch stets bist, lieber Gibson! Wie steht
es denn mit Deinen Kleidern, Cynthia?"

„O, diese sind alle in Ordnung, Mama. Bis
um vier Uhr kann ich fertig sein. Nicht wahr,
Molly, Du hilfst mir einpacken?"

Molly erklärte sich bereit, und die Schwestern
entfernten sich.

„Ich wünschte erst noch einmal ordentlich mit
Dir zu sprechen, liebe Molly," sagte sie, sobald sie

die Treppe hinauf waren. „Es ist für mich eine große Herzenserleichterung, von einem Orte hinweg zu kommen, an welchem jener Mensch herumschleicht; aber Du darfst deswegen nicht denken, daß ich froh sei, Dich verlassen zu können, denn dies ist nicht der Fall."

Diese wiederholte Betheuerung schmeckte ein wenig nach Uebertreibung; Molly aber bemerkte es nicht, sie sagte blos:

„Ich weiß, daß Du nicht gern von mir fort gehst, aber ich kann auch nach meinem eigenen Gefühl beurtheilen, wie widerwärtig es Dir sein muß, Dich einem Manne gegenüber in Gegenwart Anderer ganz anders zu benehmen, als Du unter vier Augen gethan. Ich werde bemüht sein, Mr. Preston so lange als möglich nicht wieder zu sehen. Aber, Cynthia, Du hast mir ja noch kein Wort aus Roger's Briefe mitgetheilt. Was macht er? Hat er sein Fieber vollständig überwunden?"

„Ja wohl, vollständig. Er schreibt sehr gut gelaunt — sehr viel über Vögel und vierfüßige Thiere wie gewöhnlich, über die Sitten und Gebräuche der Eingeborenen und dergleichen Dinge. Du kannst von hier bis hierher lesen," fuhr Cynthia, die betreffende Stelle des Briefes andeutend, fort. „Doch ich will Dir den ganzen Brief überlassen, während ich meine Sachen einpacke. Du siehst, welches Vertrauen ich zu Deiner Ehrenhaftigkeit habe. Uebrigens gebe ich Dir den Brief nicht, da-

mit Du ihn vom Anfang bis zu Ende lesen sollst
— die darin enthaltenen Liebesbetheuerungen wür=
ben Dir ohnedies sehr langweilig vorkommen —
sondern damit Du in Bezug auf Roger's jetzigen
Aufenthaltsort, was er bort macht, wie lange er
bort zu verweilen gebenkt unb so weiter einen klei=
nen Auszug machst unb benselben seinem Vater zu=
senbest."

Molly ergriff, ohne ein Wort zu sagen, ben
Brief, setzte sich bamit an ben Schreibtisch unb be=
gann die gewünschte auszugsweise Abschrift zu ma=
chen. Sie las das, was ihr erlaubt worden zu
lesen, mehr als einmal burch, hielt, die Wange in
bie Hanb stützenb, oft inne, ließ bie Augen auf
bem Briefe ruhen unb ihre Phantasie nach den
Umgebungen schweifen, in welchen sie ben Schrei=
ber bes Briefes entweder selbst gesehen, ober worin
ihn ihre Einbildungskraft ihr malte.

Sie warb aus biesen Betrachtungen burch Cyn=
thia's plötzlichen Eintritt in bas Gesellschaftszimmer
erweckt.

„Niemanb weiter hier?" rief Cynthia, die vor
Freude förmlich strahlte, „bas ist ein Glück, Molly!
Du besitzest mehr Berebsamkeit, als Du selbst glaubst.
Schau' her!"

Mit biesen Worten hielt sie ein großes gefüll=
tes Couvert empor, unb steckte es bann rasch wie=
ber in die Tasche, als ob sie fürchtete, es sehen zu
lassen.

„Was ift Dir mein Engel?" fagte fie, indem
fie näher trat und Molly liebkofte. „Du plagft Dich
wohl mit biefem Briefe? Siehft Du nicht, daß
biefes Couvert meine eigenen fchrecklichen Briefe
enthält, die ich im Begriffe ftehe, nun unverweilt
zu verbrennen. Mr. Prefton hat die Gnade gehabt,
fie mir zuzufenden. Dies habe ich nur Dir zu
banken, meine Molly. Ha! wie froh bin ich, die
Briefe wieder zu haben, die wie das Schwert eines
gewiffen Jemand zwei Jahre lang über meinem
Haupte gehangen haben."

„Das freut mich herzlich," fagte Molly, indem
fie fich ein wenig aufrüttelte. „Ich hätte nicht ge=
glaubt, daß er fie herausgäbe; er ift alfo beffer,
als wofür ich ihn gehalten. Und nun ift die ganze
Sache erledigt. Wie freut mich das! Du glaubft
boch, daß er bamit zugleich auch allen feinen An=
fprüchen auf Dich entfagt. Nicht wahr, Cynthia?"

„O, er mag immer Anfprüche erheben, ich werde
biefelben nicht refpectiren. Er hat ja nun keine
Beweife mehr in den Händen. Welch' eine Her=
zenserleichterung! Und nur Dir habe ich biefelbe
zu banken, Molly. Es bleibt nun blos noch Eins
zu thun übrig, und wenn Du auch biefes für mich
thun wollteft —"

„O Cynthia!" unterbrach Molly ihre fie lieb=
kofende Schwefter. „Verlange nichts weiter von
mir. Noch mehr könnte ich nicht thun. Du weißt
nicht, wie fich mir das Herz zufammen fchnürt, wenn
7*

ich an den gestrigen Tag und an Mr. Sheepshank's
Blick denke."

„Es ist nur eine Kleinigkeit; ich will Dein
Gewissen nicht damit belasten, daß ich Dir sage,
auf welchem Wege ich meine Briefe bekommen habe.
Es ist aber nicht durch eine Person geschehen, wel=
cher ich Geld anvertrauen könnte, und gleichwohl
muß ich jenen Mann zwingen, seine dreiundzwan=
zig Pfund und so und so viel Shilling zurück zu
nehmen. Ich habe die Zinsen zu fünf Procent be=
rechnet und die Summe eingesiegelt. O Molly,
mit wie leichtem Herzen würde ich abreisen, wenn
Du nur bemüht sein wolltest, dieses Geld sicher in
seine Hände zu befördern! Es ist der letzte Dienst,
den ich von Dir verlange, und es hat auch damit
keine Eile, weißt Du. Vielleicht begegnest Du
ihm zufällig in einem Kaufladen, oder auf der
Straße, oder auch in einer Gesellschaft, und wenn
Du das Geld in der Tasche bei Dir trägst, so ließe
sich dasselbe leicht in seine Hände spediren."

Molly schwieg. Nach einer Weile sagte sie:

„Papa könnte es ihm ja geben. Das wäre der
beste Ausweg, und ich werde ihn bitten, nicht wei=
ter darnach zu fragen, wie die Sache zusammen=
hängt."

„Nun gut," sagte Cynthia; „thue, wie es Dir
gut dünkt. Dennoch glaube ich, der von mir an=
gegebene Weg wäre der beste, denn wenn etwas da=
von herauskommt — indessen Du hast schon so viel

für mich gethan, daß ich Dich nicht tadeln will, wenn Du Dich jetzt weigerst, noch etwas mehr zu thun."

„Diese verstohlenen Unterhandlungen mit jenem Manne sind mir so überaus zuwider," sagte Molly.

„Verstohlene Unterhandlungen! Du giebst ihm ja einfach einen Brief von mir. Wenn ich Dir nun ein Billet an Miß Browning balließe, würde es Dir auch widerwärtig sein, es ihr zu geben?"

„Du weißt, daß dies etwas ganz Anderes ist, Cynthia; das könnte ich offen thun!"

„Und dennoch würde dieses Billet etwas Ge= schriebenes enthalten, während das Geld auch nicht von einer Zeile begleitet ist. Es wäre blos die Abwickelung, die redliche, ehrenwerthe Abwickelung einer Angelegenheit, die mich seit Jahren gequält hat. Thue indessen, wie Du willst."

„Gieb das Geld her," sagte Molly. „Ich will sehen, was ich thun kann."

„Ach, wie freundlich Du bist! Du brauchst es ja nur zu versuchen, und wenn Du ihm das Geld nicht unbemerkt, oder ohne daß Du Dich in Ver= legenheit begiebst, zustellen kannst, nun, dann behalte es nur, bis ich wiederkomme. Dann soll er es nehmen, mag er wollen oder nicht." —

Molly sah ihrem zweitägigen Alleinsein mit ihrer Stiefmama mit ganz anderen Erwartungen entgegen, als womit sie den gleichen Verkehr mit ihrem Vater bewillkommnet hatte.

Die Abreisenden wurden nicht bis nach dem Gast=
haus begleitet, von welchem aus der Wagen abging.
Abschiednehmen auf offenem Markte war nach Mi=
streß Gibson's Anschauungsweise etwas durchaus
Unschickliches. Abgesehen hiervon war auch der Abend
trübe und regnerig, und es mußten schon zu unge=
wöhnlich früher Stunde Lichter angezündet werden.
In den nächsten sechs Stunden stand keine Unter=
brechung zu erwarten. Von Musiciren oder Lectüre
war nicht die Rede, sondern Stiefmama und Stief=
tochter saßen jede bei ihrer Stickerei und wechselten
dann und wann einige gleichgültige, uninteressante
Worte, ohne der Abwechselung des Diners entgegen
sehen zu können, denn aus Rücksicht auf die Ab=
reisenden hatte man bereits zeitig dinirt.

Mistreß Gibson hatte wirklich die Absicht, Molly
aufzuheitern, und bemühte sich, eine angenehme
Gesellschafterin zu sein. Molly war jedoch nicht
wohl und ward überdies von mancherlei unruhigen
Gedanken gequält.

In solchen Stunden, wie sie jetzt durchzumachen
hatte, gewinnen Befürchtungen leicht die Form von
Gewißheiten, die dann unsere Pfade umlauern.
Molly hätte viel darum gegeben, wenn sie diese
Empfindungen, die für sie etwas sehr Ungewöhn=
liches waren, hätte abschütteln können. Aber selbst
Haus und Hausgeräth und die durch den Regen
entstellte äußere Landschaft schienen, so zu sagen, in
unangenehme Gedankenassociationen getaucht, von

welchen bie meiſten aus ber Zeit ber leßtvergangenen wenigen Tage batirten.

„Die nächſte Reiſe müſſen wir Beide mit ein= anber machen, glaube ich, mein Schäßchen," ſagte Miſtreß Gibſon, als ob ſie Molly's Wunſch, auf einige Wochen von Hollingforb hinwegzukommen unb etwas neue Luſt unb neues Leben zu genießen, errathen hätte. „Wir ſind nun ſehr lange nicht von baheim weggekommen, unb Wechſel bes Aufent= halts iſt für bie Jugenb ſo wünſchenswerth. Den= noch glaube ich, baß unſere Reiſenben ſich jeßt ſehnen, wieber hier an bieſem traulichen warmen Kamine zu ſißen. „Ueberall ſchön, zu Hauſe am beſten," ſagt bas Sprichwort. Es iſt ein großer Segen, eine ſo liebe kleine Heimath, wie bieſe iſt, zu haben, nicht wahr, Molly?"

„Ja," antwortete Molly ein wenig eintönig, benn es war ihr in bieſem Augenblick ein wenig „Toujours perdrix"=artig zu Muthe. Hätte ſie, wenn auch nur auf zwei Tage, mit ihrem Vater verreiſen können, wie angenehm wäre bies geweſen!

„Es wäre wirklich recht nett, wenn wir Zwei unb ſonſt Niemanb weiter einmal eine kleine Reiſe machen könnten," hob Miſtreß Gibſon wieber an. „Wenn bas Wetter nicht ſo ganz erbärmlich wäre, ſo hätten wir eine kleine Extratour machen können. Ich habe mich ſchon ſeit mehreren Wochen nach ſo etwas geſehnt, benn wir führen hier ein ſehr ein= gezogenes Leben. Ich geſtehe, baß es mir bei bem

Anblick dieser Stühle und Tische, die ich nun so gut kenne, förmlich übel zu Muthe wird. Dann vermißt man auch die Anderen. Es kommt Einem Alles so schal und öde vor, wenn nicht Alle da sind."

„Ja! Heute Abend fühlen wir uns sehr verlassen; ich glaube aber, die Witterung ist mit schuld daran."

„Ach, Unsinn, Schätzchen! Wie kannst Du glauben, daß das Wetter in dieser Weise Einfluß äußere. Mein guter seliger Kirkpatrick pflegte zu sagen: Ein heiteres Herz macht sich seinen eigenen Sonnenschein. Er sagte das in seiner gewohnten liebenswürdigen Weise zu mir, so oft ich ein wenig verstimmt war, denn ich bin ein förmliches Barometer. Du kannst den Zustand der Witterung stets nach meiner Gemüthsstimmung beurtheilen. Ich bin von jeher ein so sensitives Geschöpf gewesen. Es ist gut für Cynthia, daß sie diese Eigenschaft nicht von mir geerbt hat, denn ich glaube nicht, daß sie auf irgend eine Weise leicht afficirt wird — meinst Du nicht auch?"

Molly dachte eine Weile nach und sagte dann:

„Ja, sie wird nicht so leicht von etwas berührt — wenigstens nicht tief."

„Viele Mädchen würden zum Beispiel durch die Bewunderung, die ihr zu Theil ward, und durch die Aufmerksamkeiten, die man ihr während ihres

letzten Besuchs bei ihrem Onkel erwies, nicht wenig
stolz gemacht worden sein."

„Ich glaube das gern."

„Mr. Henderson, jener junge Jurist — das
heißt, er studirt allerdings Jurisprudenz, besitzt aber
ein schönes Privatvermögen und wird künftig noch
mehr erben, so daß er eigentlich blos studirt, um
nur etwas zu thun zu haben — hatte sich bis über
die Ohren in sie verliebt. Ich bilde mir dies
nicht etwa blos ein, obschon ich zugebe, daß Mütter
leicht parteiisch sind. Sowohl Mr. als Mrs.
Kirkpatrick bemerkten es auch, und letztere sagte in
einem ihrer Briefe, der arme Mr. Henderson stehe
im Begriff, während der Gerichtsferien eine Reise
in die Schweiz zu machen, ohne Zweifel, um zu
sehen, ob er Cynthia vergessen könne; sie glaube
aber, er werde finden, daß er blos eine sich bei
jedem Schritt verlängernde Kette herumschleppe.
Dieser Vergleich gefiel mir sehr. Du mußt überhaupt Tante Kirkpatrick kennen lernen, Molly.
Sie ist eine Frau von wahrhaft eleganter Geistes-
bildung."

„Dennoch ist es nach meiner Ansicht zu bedauern,
daß Cynthia dort nichts von ihrem Verhältniß zu
Roger gesagt hat."

„Sie ist ja nicht wirklich verlobt mit ihm, mein
Schätzchen! Wie oft soll ich Dir das noch sagen?"

„Aber wie soll ich dieses Verhältniß denn
nennen?"

„Ich sehe nicht ein, warum Du es überhaupt zu nennen brauchst. Du leidest zuweilen an einer gewissen Unklarheit des Ausbrucks. Du mußt Dich stets bemühen, Dich verständlich auszubrücken. Es ist dies eine der ersten Grundregeln der Sprache. Ein Philosoph könnte fragen, wozu uns die Sprache überhaupt gegeben ist, wenn nicht, damit wir uns gegenseitig verständlich machen können."

„Auf jeden Fall besteht doch ein bestimmtes Verhältniß zwischen Cynthia und Roger; sie sind einander mehr als zum Beispiel Osborne und ich."

„Es schickt sich nicht, daß Du Deinen Namen in Verbindung mit dem irgend eines unverheirathe= ten jungen Mannes anmaßt. Es hält sehr schwer, Dich Zartgefühl zu lehren, mein Kind. Allerdings kann man vielleicht sagen, daß zwischen Cynthia und Roger ein eigenthümliches Verhältniß bestehe, aber es ist sehr schwierig, dasselbe zu charakterisiren, und ich bin überzeugt, daß dies auch der Grund ist, weshalb sich Cynthia scheut, darüber zu sprechen. Unter uns gesagt, Molly, ich denke manchmal wirk= lich, daß aus der ganzen Sache nichts werden wird. Seine Abwesenheit dauert gar so lange und, entre nous, Cynthia ist nicht sehr beständig. Ich weiß, daß sie schon einmal eine lebhafte Neigung gefaßt hatte — doch diese kleine Angelegenheit ist jetzt vorbei. Gegen Mr. Henderson war sie nach ihrer Weise sehr artig. Ich glaube, sie hat es von mir geerbt, denn als ich noch Mädchen war, sah ich mich

auch fortwährend von Liebhabern umringt, und konnte
es nie über mich gewinnen, sie in rauher Weise
zu entfernen. Hast Du vielleicht von Papa etwas
über den alten Squire oder über den lieben Os=
borne gehört? Es ist sehr lange her, daß letzterer
nichts hat von sich hören lassen, dennoch aber glaube
ich, daß er sich wohl befindet, denn wenn das Ge=
gentheil der Fall wäre, so würden wir davon ge=
hört haben."

„Ja, ich glaube auch, er ist ganz wohl. Neulich
sagte Jemand — es war Mistreß Goodenough, wie
mir jetzt einfällt — man wäre ihm begegnet, als
er spaziren geritten sei, und er habe gesunder und
kräftiger ausgesehen als seit Jahren."

„Wirklich! Nun, dann freue ich mich, dies zu
hören. Ich habe Osborne stets gern gehabt und
konnte, wie Du wohl weißt, dagegen zu Roger
nie rechte Zuneigung fassen. Natürlich achtete und
schätzte ich ihn, aber wie verliert er, wenn man ihn
neben Mr. Henderson sieht! Dieser ist so schön
und hat so feine Manieren und kauft seine Hand=
schuhe alle bei Houbigant."

Es war vollkommen begründet, daß die Gibsons
Osborne sehr lange nicht zu sehen bekommen hatten,
aber, wie es oft geschieht, fand er nicht lange
nachdem sie von ihm gesprochen hatten, sich bei
ihnen ein.

Am Tage nach Mr. Gibson's Abreise erhielt seine
Gattin einen der Briefe, die jetzt nicht mehr so

häufig kamen wie früher, von der in London wei=
lenden Familie des Lords. In diesem Briefe ward
sie ersucht, nach Cumnor Towers zu gehen und dort
ein Buch oder Manuscript oder etwas dergleichen
zu suchen, wonach Lady Cumnor mit der ganzen
Uugebuld einer Kranken verlangte. Es war dies
gerade so ein Auftrag, wie Mistreß Gibson ihn
sich an einem trüben Tage wünschte, und sie ward
dadurch sofort in heitere Laune versetzt. Die Sache
hatte einen gewissen vertraulichen Anstrich; sie
konnte eine angenehme Fahrt in einer Chaise die
stattliche Allee hinauf machen und sich vorübergehend
als Herrin der großartigen Räume fühlen, die ihr
alle so genau bekannt waren.

Sie ersuchte in Folge dieser heitern Laune
und in einer Anwandlung von übergroßer Freund=
lichkeit Molly, sie zu begleiten, hörte es aber durch=
aus nicht gern, daß Molly sich entschuldigte und
erklärte, lieber zu Hause bleiben zu wollen.

Um elf Uhr war Mistreß Gibson fort, nachdem
sie vorher sorgfältig Toilette gemacht, um den Die=
nern im Schloß zu imponiren, denn es war dort
weiter Niemand, den sie hätte sehen oder von dem
sie hätte gesehen werden können.

„Ich werde erst am Nachmittag wieder da sein,
Schätzchen," hatte sie gesagt, als sie von Molly
Abschied nahm; „ich hoffe aber, die Zeit wird Dir
nicht lang werden. Du bist beinahe wie ich; Du
fühlst Dich nicht weniger allein, als wenn Du allein

bift, wie einer unferer großen Autoren fo treffend
fagt."

Für Molly war es ein eben fo großer Genuß,
das Haus für fich allein zu haben, wie für Miftreß
Gibfon dies in Bezug auf das Schloß der Fall
war. Sie wagte es, fich den Imbiß einfach auf
einem Präfentirbret in das Gefellfchaftszimmer bringen
zu laffen, um ihre Butterfchnitte dort effen zu kön=
nen, während fie zugleich in ihrem Buche wei=
ter las.

Während fie noch fo befchäftigt war, ward auf
einmal Mr. Osborne Hamley angemeldet. Er trat
ein, fah aber troß des Berichts der halb blinden
Miftreß Goodenough über fein gefundes Ausfehen
fehr krank und elend aus.

„Mein heutiger Befuch gilt nicht Ihnen, Molly,"
fagte er, nachdem die erfte Begrüßung vorüber war.
„Ich hoffte Ihren Vater zu Haufe zu treffen, und
glaubte, die Imbißzeit fei die befte Stunde, um
ihn zu fprechen."

Er feßte fich, während er dies fagte, als ob es
ihm erwünfcht fei, ein wenig auszuruhen, und faß
dann zufammengefunken und gebückt da, als ob ihm
diefe Haltung fo zur natürlichen geworden fei, daß
ihn keine Rückficht auf fogenannte gute Manieren
bewegen könnte, fich Zwang anzuthun.

„Ich will doch nicht hoffen, daß Sie ihn in
feiner Eigenfchaft als Arzt zu fprechen wünfchen?"
fagte Molly. Sie wußte nicht, ob es von ihr klug

sei, auf den Gesundheitszustand ihres Gastes anzu=
spielen, fühlte sich aber durch ihre aufrichtige Be=
sorgniß dazu getrieben.

„Allerdings wünsche ich ihn in dieser Eigen=
schaft zu sprechen," antwortete Osborne. „Darf ich
mir einen Zwieback und ein Glas Wein zulangen?
Nein, klingeln Sie nicht, um noch mehr bringen
zu lassen; ich brauche blos einen Bissen und könnte
nichts weiter essen. So, das ist vollkommen ge=
nug; ich danke Ihnen. Wann wird Ihr Vater
wieder da sein?"

„Er ward nach London gerufen. Lady Cumnor's
Zustand hat sich verschlimmert, ich glaube, es soll
eine Operation an ihr vorgenommen werden, doch
weiß ich nichts Bestimmtes. Morgen Abend wird
er wieder zurück sein!"

„Nun gut, dann muß ich warten. Vielleicht ist
es mir bis dahin auch wieder besser. Ich glaube,
es ist halb Einbildung, möchte aber gern, daß Ihr
Vater mit dasselbe sagte. Ich glaube, er wird mich
auslachen, aber das soll mir nur lieb sein. Er ist
gegen launenhaft eingebildete Patienten sehr un=
barmherzig, nicht wahr, Molly?"

Molly dachte, wenn ihr Vater Osborne jetzt
sähe, so würde er ihn schwerlich für eingebildet
krank halten oder geneigt sein, ihm unbarmherzig
zu begegnen. Sie sagte daher blos:

„Papa scherzt gern über Alles, das wissen Sie.
Es ist ihm dies bei all' dem Leiden, womit er fort=

während in Berührung kommt, gewissermaßen eine Erholung."

„Sehr wahr; es giebt viel Unglück und Jammer in der Welt, und ich glaube nicht, daß viel Glück darin zu finden ist. Cynthia ist also auch nach London?" setzte Osborne nach einer Pause hinzu. „Ich hätte sie gern wieder einmal gesehen. Der arme gute Roger! Er liebt sie so sehr."

Molly wußte kaum, wie sie ihm auf alles dies antworten sollte, so betroffen war sie von der Veränderung, die sie sowohl in seiner Stimme als in seinem Benehmen bemerkte.

„Mama ist nach Cumnor Towers gefahren," hob sie endlich an. „Lady Cumnor wünscht Mehreres zu haben, was nur Mama finden kann. Es wird ihr sehr leid thun, Sie verfehlt zu haben. Wir sprachen erst gestern von Ihnen, und sie erwähnte, wie lange es her sei, seit wir sie das letzte Mal gesehen."

„Ich glaube, ich bin ein wenig nachlässig geworden. Leider aber habe ich mich auch größtentheils so unwohl und angegriffen gefühlt, daß ich mich kaum in Gegenwart meines Vaters ein wenig zusammenzuraffen vermochte."

„Warum haben Sie aber dann nicht schon lange mit Papa gesprochen oder wenigstens an ihn geschrieben?" fragte Molly.

„Ich weiß es nicht. Zuweilen fühlte ich mich besser, zuweilen schlimmer, bis ich mir endlich heute

Muth faßte und mich auf den Weg machte, um zu hören, was Ihr Vater meinte. Wie es aber scheint, ist mein Weg umsonst."

„Es thut mir leid, allein es handelt sich ja blos um zwei Tage. Sobald als Papa zurückkommt, wird er sie besuchen."

„Er darf meinen Vater aber nicht erschrecken, vergessen Sie das nicht, liebe Molly!" sagte Osborne, der, als er aufstand, sich auf die Lehne des Stuhles stützte. Wollte Gott, Roger wäre wieder da!" setzte er hinzu, indem er sich wieder niedersetzte und in seine alte Position zurücksank.

„Ich verstehe Sie," sagte Molly, „Sie halten sich für sehr krank. Sie sind aber jetzt vielleicht blos ermüdet."

Sie wußte nicht, ob es recht war, daß sie zu verstehen gegeben, wie genau ihr das, was in seinem Innern vorging, bekannt war. Wenn sie aber einmal sprach, so konnte sie nicht umhin, die Wahrheit zu sprechen.

„Zuweilen glaube ich, ich bin sehr krank, und dann glaube ich wieder, mein einförmiges Leben bringe mich blos auf dergleichen übertriebene Ideen."

Osborne schwieg, nachdem er dies gesagt, eine Weile. Dann hob er, wie von einem plötzlichen Entschluß beseelt, wieder an:

„Es hängen von mir und von meiner Gesundheit auch noch andere Personen ab. Sie haben das, was Sie an jenem Tage bei uns im Bibliothek=

zimmer gehört, doch nicht vergessen? Nein, ich weiß
Sie haben es nicht vergessen. Ich habe Ihnen
später oft an den Augen abgesehen, daß Sie daran
dachten. Damals kannte ich Sie nicht. Jetzt glaube
ich, Sie zu kennen."

„Sprechen Sie nicht so viel und so schnell,"
sagte Molly. „Ruhen Sie erst aus, ehe Sie wei=
ter sprechen. Es wird uns Niemand unterbrechen.
Ich werde einstweilen in meiner Arbeit fortfahren
und, wenn Sie mir etwas Weiteres zu sagen wün=
schen, Ihnen wieder zuhören."

Die seltsame Blässe, welche sich über Osborne's
Gesicht gebreitet, beunruhigte und erschreckte Molly.

„Ich danke Ihnen, Molly, Sie meinen es gut
mit mir," sagte er und schwieg dann mehrere Mi=
nuten. Als er wieder anhob, sprach er ruhig und
wie von einer gleichgültigen Thatsache.

„Der Name meines Weibes ist Aimée — Aimée
Hamley natürlich; sie wohnt in Bishopfield, einem
Dorfe bei Winchester. Schreiben Sie sich das auf,
aber behalten Sie es für sich. Sie ist Französin
und Katholikin, und gehörte dem dienenden Stande
an. Sie ist eine herzensgute Frau, und ich darf
nicht sagen, wie theuer sie mir ist. Früher hatte
ich einmal die Absicht, es Cynthia zu sagen; sie
schien mich aber nicht recht wie einen Bruder zu
betrachten. Vielleicht fühlte sie sich auch einem
neuen Verwandten gegenüber zu schüchtern, aber
trotzdem werden Sie sie von mir freundlich grüßen.

Es ist mir gleichsam eine Erleichterung, zu wissen, daß noch Jemand mein Geheimniß kennt, und Sie gehören gewissermaßen zu unserer Familie. Ihnen kann ich eben so fest und unbedingt vertrauen als Roger. Ich fühle mich schon viel besser, liebe Molly, seitdem ich weiß, daß noch Jemand den Aufenthalt meines Weibes und meines Kindes kennt."

„Ihres Kindes!" rief Molly überrascht.

Ehe er noch antworten konnte, meldete die Dienerin:

„Miß Phöbe Browning."

„Falten Sie dieses Papier zusammen," sagte er rasch, indem er ihr etwas in die Hand steckte; „es ist blos für Sie."

Sechstes Kapitel.

Die Klatschschwestern von Hollingford.

„Aber, meine liebe Molly, warum bist Du nicht zu uns zu Tische gekommen? Ich sagte meiner Schwe= ster, ich würde zu Dir gehen und Dich tüchtig aus= schelten. Ah, Mr. Osborne Hamley, sind Sie es?" fragte Miß Phöbe und machte dann bei dem Ge= danken an das von ihr gestörte tête-à-tête ein so sonderbares Gesicht, daß Molly unwillkürlich Os= borne ansehen und ebenso wie er lächeln mußte.

„Ich wußte nicht — man kann zuweilen nicht — unsere Mahlzeit wäre" — stotterte sie verlegen, faßte sich dann aber gewaltsam und fuhr in zusam= menhängenderer Weise fort:

„Wir hörten vorhin, daß Mißreß Gibson eine Chaise im Georg genommen habe. Meine Schwester hatte unsere Betty hingeschickt, um ein paar Kanin= chen zu bezahlen, welche der Hausknecht Tom in Schlingen gefangen — man wird uns deswegen

8*

doch nicht etwa wegen Begünstigung der Wildbie=
berei zur Verantwortung ziehen, Mr. Osborne?
Wer Schlingen stellen will, muß, glaube ich, beson=
dere Concession dazu lösen. — Betty hörte, Tom
habe Ihre liebe Mama in der Chaise nach dem
Schlosse gefahren, denn Core, der die Chaise gewöhn=
lich fährt, hat sich den Knöchel verrenkt. Wir
waren eben mit unserer Mahlzeit fertig, als Betty
uns erzählte, Ihre Mama werde vor Abend nicht
zurückkommen, denn eher würde Tom nicht erwartet.'
„Ach," sagte ich, „dann sitzt also das arme gute
Mädchen ganz allein zu Hause, und ihre selige
Mutter war doch eine so intime Freundin von uns."
Ich freue mich jedoch, zu sehen, daß ich mich geirrt
habe."

„Ich kam, um mit Mr. Gibson zu sprechen,"
bemerkte Osborne. „Ich wußte nicht, daß er nach
London gereist ist, und Miß Gibson war so freund=
lich, mich an ihrem Imbiß Theil nehmen zu lassen.
Doch jetzt muß ich fort."

„Ach, mein Himmel, das thut mir leid!"
stammelte Miß Phöbe. „Ich habe Sie gestört,
aber es geschah in der besten Absicht. Ich habe
schon von meiner Kindheit an das Unglück gehabt,
immer zur unrechten Zeit zu kommen."

Ehe jedoch Miß Phöbe mit ihren Entschuldi=
gungen zu Ende war, hatte Osborne das Zimmer
verlassen.

Als er die Schwelle überschritt, begegneten seine

Augen denen Molly's noch einmal, und zwar mit einem so seltsamen sehnsüchtigen Abschiedsblick, daß sie dadurch betroffen gemacht ward und sich desselben später noch oft erinnerte.

„Eine ganz passende Partie wäre das!" fuhr Miß Phöbe fort. „Es thut mir leid, daß ich auch gleich dazu kommen und die Sache verderben mußte. Nimm mir's nicht übel, Kind!"

„Meine liebe Miß Phöbe," entgegnete Molly, „wenn Sie zwischen mir und Mr. Osborne Ham= ley ein Liebesverhältniß vermuthen, so befinden Sie sich in einem Irrthum, so groß, wie niemals in Ihrem Leben. Ich glaube, ich habe Ihnen dies schon einmal versichert, und wiederhole es hiermit nochmals."

„Ja, ich entsinne mich dessen. Meine Schwester hat sich dagegen in den Kopf gesetzt, daß Sie in einem Verhältniß zu Mr. Preston stünden."

„Dann ist die eine Vermuthung so irrig wie die andere," sagte Molly lächelnd und versuchte vollkommen gleichgültig auszusehen, obschon sie bei der Erwähnung von Mr. Preston's Namen feuer= roth ward. Sie fand es sehr schwierig, die Con= versation weiter zu führen, denn sie dachte fortwäh= rend an Osborne, an sein verändertes Aussehen, an seine ahnungsvollen, melancholischen Worte, an seine vertraulichen Mittheilungen in Bezug auf seine Gattin, die Französin und Katholikin war und dem dienenden Stande angehört hatte.

Molly konnte nicht umhin, diese Thatsachen mit ihren eigenen Combinationen in Verbindung zu bringen, und fand es, wie gesagt, sehr schwierig, dem gemüthlichen Geplapper Miß Phöbe's einen auch nur mäßigen Grad von Aufmerksamkeit zu schenken.

Miß Phöbe fragte sie, ob sie mit ihr ausgehen wolle, nämlich zu Mr. Grinstead, dem Buchhändler in Hollingford, welcher, abgesehen von seinem regel= mäßigen Geschäft, Agent des Lesevereins von Holling= ford war, die Beiträge der Mitglieder in Empfang nahm, darüber Rechnung führte, ihnen die Bücher aus London besorgte und gegen Bezahlung einer geringen Gebühr der Gesellschaft erlaubte, ihre Bibliothek in seinem Laden aufzustellen.

Es war dies der Mittelpunkt der ·Neuigkeiten und gleichsam der Club der kleinen Stadt. Jeder, welcher Anspruch darauf machte, fein zu sein, ge= hörte mit dazu, und die Mitgliedschaft war eher ein Beweis davon, daß man zur feinen Welt gerechnet zu werden wünschte, als von Bildung oder Liebe zur Literatur.

Keinem Krämer oder Handwerker würde es ein= gefallen sein, sich als Mitglied zu melden, wie groß auch seine Intelligenz im Allgemeinen und seine Leselust gewesen sein möchte, während die meisten der benachbarten Gutsbesitzerfamilien dazu gehörten, von welchen einige ihre Beiträge zahlten und damit gewissermaßen eine Pflicht, die sie ihrer Stellung

schulbig wären, zu erfüllen glaubten, ohne von ihrem
Recht, die Bücher zu lesen, oft Gebrauch zu machen,
und es viele Bewohner der kleinen Stadt von
Mistreß Goobenough's Kategorie gab, welche im
Stillen das Lesen als eine große Verschwendung
von Zeit betrachteten, die, wenn sie nähten, strickten
oder buken, viel besser angewendet wäre, nichts=
bestoweniger aber dem Verein ihrer Stellung wegen
angehörten, gerade so wie diese guten mütterlichen
Frauen geglaubt haben würden, sie seien fürchterlich
heruntergekommen, wenn sie nicht mehr ein hübsches
junges Dienstmädchen gehabt hätten, von welchem
sie sich Abends aus den Theegesellschaften nach
Hause holen ließen. Jedenfalls war Grinsteab's
Buchladen ein sehr bequemer Klatschplatz. Mit die=
ser Ansicht des Lesevereins war Jedermann einver=
standen.

Molly ging in ihr Zimmer hinauf, um sich zum
Ausgehen fertig zu machen und dann Miß Phöbe zu
begleiten. Als sie eins ihrer Schubfächer öffnete,
erblickte sie Cynthia's Couvert, welches, sorgfältig
zugesiegelt wie ein Brief, das Geld enthielt, was
sie Mr. Preston schulbig war. Dieses Couvert hatte
Molly, wenn auch widerstrebend, an seine Adresse
zu befördern und damit diese Angelegenheit zum
endlichen Abschluß zu bringen versprochen.

Eine Zeit lang hatte sie es ganz vergessen, aber
jetzt konnte sie nicht umhin, es zu sehen, und sie

mußte verjuchen, fich des einmal übernommenen Auf=
trages zu entledigen.

Sie jteckte deshalb das Couvert in ihre Tajche
für den Fall, daß fich ihr bei ihrem gegenwärtigen
Ausgange eine günjtige Gelegenheit böte, und das
Glück jchien ihr wirklich günjtig zu jein, denn als
fie Grinjteab's Buchladen betrat, in welchem fich
jetzt, wie jtets, zwei oder drei Perjonen anwejend
befanden, die zum Zeitvertreib in den Büchern herum=
blätterten, oder die Titel von neu anzujchaffenden
Werken in das Bejtellbuch jchrieben, traf fie hier
auch Mr. Prejton.

Er verneigte fich, denn er konnte nicht wohl
anders, verrieth aber bei Molly's Anblick durch jeine
Mienen, daß es ihm durchaus nicht angenehm war,
fie zu jehen. Sie erweckte in ihm die Erinnerung
an jeine Niederlage, jowie an das, was er jetzt
mehr als alles Andere zu vergejjen wünjchte, näm=
lich die ihm durch Molly's einfache und doch ein=
bringliche Weije gewordene tiefe Ueberzeugung, daß
Cynthia ihn hajje.

Hätte Miß Phöbe den unheimlichen Ausdruck,
der jetzt auf jeinem jchönen Gejicht lag, gejehen,
jo hätte fie ihre Schwejter in ihren Voraussetzungen
hinfichtlich jeiner und Molly's jedenfalls enttäujchen
können. Sie hielt es jedoch nicht für jungfräulich,
fich Mr. Prejton zu nähern und die aufgejtellten
Bücher in jo unmittelbarer Nähe eines Herrn zu
mujtern. Deshalb machte fie fich am andern Ende

des Ladens zu thun und kaufte sich eine kleine
Quantität Schreibpapier.

Molly befühlte den werthvollen Brief in ihrer
Tasche. Sollte sie wagen, zu Mr. Preston hinzugehen und ihm das Geld zu geben oder nicht?

Während sie noch unentschieden dastand und,
wie immer, gerade in dem Augenblick, wo sie den
nöthigen Muth zum Handeln zusammengerafft zu
haben glaubte, denselben wieder entschwinden fühlte,
sagte Miß Phöbe, welche, nachdem sie ihren Ein-
kauf beendet, sich herumdrehte und einen bedeutsamen
Blick auf den von ihnen abgewendet stehenden Mr.
Preston warf, leise zu ihr:

„Ich dächte, wir gingen jetzt zu Johnson und
kehrten später wegen der Bücher wieder hieher
zurück."

Und somit gingen sie über die Straße hinüber
zu Johnson, dem Schnitthändler, hatten aber den
Laden desselben nicht so bald betreten, als Molly's
Gewissen ihr über ihre Feigheit und das Versäumen
einer guten Gelegenheit Vorwürfe machte.

„Ich komme sogleich wieder," sagte sie, sobald
sie Miß Phöbe mit ihren Einkäufen beschäftigt sah,
und ging dann rasch, ohne links oder rechts zu
schauen, wieder hinüber zu Grinstead. Sie hatte
die Thür fortwährend im Auge gehabt und wußte,
daß Mr. Preston noch nicht heraus war. Als sie
in den Buchladen hinein kam, stand er im Gespräch
mit Grinstead selbst am Ladentische. Sie ging auf

ihn zu, gab ihm zu seiner Ueberraschung und fast
gegen seinen Willen den Brief in die Hand, und
drehte sich dann herum, um zu Miß Phöbe zurück=
zukehren.

An der Thür des Ladens aber stand jetzt Mi=
streß Goodenough, die eben eingetreten war und
mit ihren großen, runden, durch ihre Brille noch
größer, runder und eulenartiger erscheinenden Augen
zu ihrem nicht geringen Erstaunen sah, wie Molly
Gibson dem Wirthschaftsagenten einen Brief gab,
den er, weil er bemerkte, daß sie beobachtet wurden,
und aus Gewohnheit auf dergleichen verstohlene
Proceduren sofort eingehend, rasch und uneröffnet
in die Tasche steckte. Hätte er Zeit zum Nachdenken
gehabt, so hätte er sich vielleicht kein Gewissen dar=
aus gemacht, Molly durch Zurückweisung dessen,
was sie ihm so eifrig aufbrängte, öffentlich zu
blamiren. —

Molly hatte abermals einen langen Abend mit
ihrer Stiefmutter durchzumachen. Bei der heutigen
Gelegenheit aber kam doch wenigstens die angenehme
Beschäftigung der Mahlzeit dazwischen, die wenig=
stens eine Stunde wegnahm, denn Mistreß Gibson
suchte — zu Molly's großem Aerger — förmlich
etwas darin, wegen zweier Personen jedes Ceremoniell
in derselben steifförmlichen Weise zu beobachten wie
wegen zwanzig.

Obschon daher Molly ebenso wie ihre Stiefmütter
und die Köchin recht wohl wußte, daß weder sie,

noch Mistreß Gibson das Dessert anrührte, so ward
es doch mit derselben Förmlichkeit aufgetragen, als
ob Cynthia, die eine große Freundin von Trauben
und Mandeln war, oder Mr. Gibson dagewesen
wäre, welcher letztere niemals den Datteln wider=
stehen konnte, obschon er fortwährend erklärte, daß
es Leuten in ihrer Stellung durchaus nicht zukomme,
sich jeden Tag ein förmliches Dessert auftragen zu
lassen.

Mistreß Gibson entschuldigte sich gleichsam gegen
Molly heute mit denselben Worten, deren sie sich
oft gegen ihren Gatten bedient, indem sie sagte:

„Es ist keine Verschwendung, denn wir brauchen
ja nichts davon zu genießen. Ich für meine Person
thue dies ohnehin nie. Es sieht aber gut aus, und
Marie lernt auf diese Weise, was in dem täglichen
Leben jeder Familie von Stellung Brauch und
Sitte ist."

Während dieses ganzen Abends schweiften Molly's
Gedanken in der Ferne umher, obschon sie es mög=
lich machte, wenigstens einen Schein von Aufmerk=
samkeit auf das, was Mistreß Gibson sagte, zu
wahren. Sie dachte an Osborne, an seine nur halb
beendete vertrauliche Mittheilung und an sein über=
aus kränkliches Aussehen. Sie fragte sich, wann
Roger wohl wieder nach Hause kommen würde, und
sehnte sich nach seiner Rückkehr eben so sehr — so
glaubte sie wenigstens — um Osborne's als um ihrer
selbst willen.

Dann unterbrach sie wieder ihren Gedanken= gang. Was hatte sie mit Roger zu thun? Warum sollte sie sich nach seiner Rückkehr sehnen? Cynthia's Sache war es, dies zu thun; aber bennoch war er auch stets ein so treuer Freund von Molly gewesen, daß sie nicht umhin konnte, an ihn wie an einen Stab und eine Stütze in den schweren Zeiten zu denken, die nun bevorzustehen schienen.

Dann dachte sie wieder an Mr. Preston und ihr kleines Abenteuer mit ihm. Wie aufgebracht hatte er ausgesehen! Wie hatte Cynthia auch nur so viel Gefallen an ihm finden können, daß sie mit ihm in diese abscheuliche Verwickelung gerathen, die jedoch nun gelöst war.   -

Und · so gab sie sich ihren Gedanken und Be= trachtungen hin, ohne zu ahnen, daß an diesem selben Abend in einer Entfernung ·von kaum einer halben Meile von dem Platze, wo sie saß und nähete, allerlei gesprochen ward, was bewies, daß jene „Verwickelung," wie sie es genannt, durchaus noch nicht beseitigt war.

Im Sommer schläft die Verleumdung, verhältniß= mäßig gesprochen. Ihre Natur ist der des Hamsters entgegengesetzt. So ward auch im Städtchen Holling= forb im Sommer durch die warme Luft, Spazier= gänge im Freien, Blumenpflücken und dergleichen Beschäftigungen der Teufel der Klatschsucht in Schlummer gelullt. Sobald aber die Abende lang wurden und man sich im Halbkreis um den Kamin

setzte, dann erwachte er wieder, benn nun begann
die Zeit ber vertraulichen Gespräche.

„Ich bin neugierig, was Mr. Afhton jetzt, wo
Nancy sich nächstens zu verheirathen gebenkt, thun
wird. Sie ist seit nicht weniger als siebenzehn Jahren
bei ihm. Ich finde es für eine Person von ihrem
Alter sehr thöricht, noch an's Heirathen zu benken,
und ich sagte ihr bies auch, als ich sie heute Mor=
gen auf bem Markte traf." •

So sagte Miß Sally Browning an dem frag=
lichen Abend, während sie ben belicaten Kuchen
einer gewissen Mistreß Dawes schmauste, bie seit
Kurzem ihren Wohnsitz in Hollingforb genommen.

„Das Heirathen ist nicht so übel, wie Sie zu
glauben scheinen, Miß Browning," sagte Mistreß
Goobenough, indem sie sich zur Vertheibigerin des
heiligen Stanbes aufwarf, in welchen sie selbst
zweimal getreten war. „Wenn ich Nancy gesehen
hätte, so würbe ich ihr etwas ganz Anderes gesagt
haben. Es ist etwas sehr Schönes, bestimmen zu
können, was man zum Mittagsmahl bereiten will,
ohne baß Jemanb sich barein zu mischen hat."

„Wenn bies Alles ist," sagte Miß Browning,
indem sie sich emporrichtete, „so kann ich bas auch,
unb vielleicht besser als eine Frau, welche sich nach
ihrem Manne richten unb biesen zufrieben zu stellen
suchen muß."

„Niemanb kann sagen, baß ich meine Männer
nicht zufrieben zu stellen gewußt hätte — einen wie

ben anbern, obschon Jeremy etwas schwieriger war,
als ber arme Harry Beaver. Ich pflegte zu ihm
zu sagen: Den Tisch überlaß nur mir; es ist bas
weit besser für Dich, als wenn Du im Voraus
weißt, was kommen wird. Der Magen liebt es,
überrascht zu werden. — Keiner von beiden hatte
auch jemals Grund, sein Vertrauen zu bereuen.
Ich gebe Ihnen mein Wort barauf, Bohnen unb
Speck werden Nancy, wenn sie ihren eigenen Herb
hat, besser schmecken, als alle Frühjahrshühnchen
unb andere ausgesuchte Delicatessen, welche sie ihrem
Herrn biese ganzen siebenzehn Jahre hinburch berei=
tet hat. Wenn ich aber wollte, so könnte ich Ihnen
etwas erzählen, was Sie weit mehr interessiren
würde, als bie Verheirathung ber alten Nancy mit
einem Witwer, ber neun Kinber hat. Da bie
jungen Leute aber auf verstohlene, heimliche Weise
zusammenkommen, so ist es vielleicht nicht recht
von mir, ihre Geheimnisse auszuplaubern."

„Ich für meine Person mag nichts von heimlichen
Zusammenkünften zwischen jungen Leuten hören,"
sagte Miß Browning, indem sie ben Kopf empor=
warf. „Nach meiner Ansicht ist es Schanbe genug
für bie jungen Leute selbst, wenn sie einen Liebes=
handel beginnen, ohne vorher bie Sanction ber
Eltern erlangt zu haben. Ich weiß wohl, baß bie
öffentliche Meinung sich in bieser Beziehung geän=
bert hat, als aber meine selige Schwester Gratia
sich mit Mr. Byerley verheirathete, schrieb er an

meinen Bater, ohne ihr vorher auch nur die
minbefte Schmeichelei gefagt, ober mit ihr über et=
was Anderes als bie geringfügigften unb gleich=
gültigften Dinge gefprochen zu haben. Mein Ba=
ter unb meine Mutter ließen fie in meines Baters
Stubirzimmer rufen unb fagten ihr, es fei ein fehr
guter Antrag, unb Mr. Byerley fei ein fehr wür=
biger Mann, unb fie hofften, fie werbe fich, wenn
er biefen Abenb zum Souper käme, freunblich unb
artig gegen ihn benehmen. Von biefem Tage an
war ihm erlaubt, uns zweimal wöchentlich zu be=
fuchen, bis bie Hochzeit ftattfanb. Meine Mutter
unb ich faßen im Bogenfenfter bei unferer Arbeit
unb Gratia unb Mr. Byerley am anbern Enbe
bes Zimmers. Wenn es Neun fchlug, zu welcher
Stunbe er fich allemal zu entfernen pflegte, lenkte
meine Mutter meine Aufmerkfamkeit allemal auf
eine Blume ober Pflanze im Garten. Ohne bie
gegenwärtige Gefellfchaft beleibigen zu wollen, muß
ich erklären, baß ich fehr geneigt bin, bie Ehe als
eine Schwäche zu betrachten, welcher gewiffe, übri=
gens fehr würbige Leute unterworfen finb. Wenn
fie aber burchaus heirathen müffen, fo mögen fie
wenigftens babei mit Anftanb unb Würbe zu Werke
gehen. Hanbelt es fich bagegen um heimliche Zu=
fammenkünfte unb bergleichen, fo mag ich nichts ba=
von hören. — Sie finb wohl am Ausfpielen,
Miftreß Dawes? Entfchulbigen Sie bie Freimüthig=
keit, womit ich meine Anfichten über bas Heirathen

zum Besten gegeben habe. Mistreß Goodenough hier kann Ihnen sagen, daß ich es immer liebe, mich ganz offen auszusprechen."

„Ihre Art und Weise, sich auszusprechen, kann mich nicht verletzen, wohl aber das, was Sie sagen, Miß Browning," sagte Mistreß Goodenough, die sich beleidigt fühlte, aber sich dennoch bereit hielt, ihre Karte auszuspielen, sobald die Reihe an sie käme.

Was Mistreß Dawes betraf, so lag ihr zu viel daran, als Mitglied der feinsten Gesellschaft von Hollingford betrachtet zu werden, als daß sie das, was Miß Browning — die als Tochter eines verstorbenen Geistlichen den ausgewähltesten Cirkel der kleinen Stadt repräsentirte — über Cölibat, Ehe, Bigamie oder Polygamie zu äußern beliebte, nur im mindesten zu widerlegen gewagt hätte.

So vergingen die noch übrigen Stunden des Abends, ohne daß das Gespräch wieder auf das Geheimniß gekommen wäre, welches Mistreß Goodenough so herzlich gern mitgetheilt hätte.

Erst als Miß Sally Browning sich ziemlich zeitig — denn ihre Schwester hatte einen bösen Schnupfen und war deshalb zu Hause geblieben — entfernt hatte, brach Mistreß Goodenough los, indem sie sagte:

„Na, nun kann man doch frei von der Leber weg reden. Ich glaube nicht, daß es hübsch von Miß Browning war, so stolz auf ihre Jungfräu-

lichkeit zu thun, während vier Witwen im Zimmer
sind, die zusammen sechs rechtschaffene Männer ge=
habt haben. Sie dürfen mir das nicht übel nehmen,
Miß Airy," fuhr sie, zu einer unglücklichen kleinen
alten Jungfer gewendet, fort, die nun, da Miß
Browning fort war, das Element der Ehelosigkeit
noch allein repräsentirte. „Ich hätte dieser stolzen
Miß Browning von einer jungen Dame erzählen
können, die bei ihr sehr gut angeschrieben steht und
eben im Begriff ist, mit vollen Segeln in den Ha=
fen der Ehe einzusteuern, auf eine Weise, welche
die schlaueste ist, die mir je vorgekommen. Sie
geht in der Abenddämmerung aus und hat Zusam=
menkünfte mit ihrem Geliebten, gerade wie meine
Betty oder Ihre Jenny. Dazu heißt sie auch Molly
— was, wie ich schon oft gedacht, ein Beweis von
großem Mangel an Geschmack auf Seiten der Per=
sonen ist, welche ihr diesen Namen gegeben, denn
so nennt man jetzt höchstens noch ein Scheuer= oder
Waschmädchen. Damit will ich aber nicht sagen,
daß sie sich etwas Ordinäres ausgesucht habe.
Nein, nein, sie hat einen sehr hübschen und feinen
Verehrer zu finden gewußt."

Die sämmtlichen um den Tisch herum sitzenden
Frauen verriethen durch ihr Mienenspiel die größte
Neugier und Erwartung, ausgenommen die Wirthin,
Mistreß Dawes, welche lächelte und mit den Augen
zwinkerte, als ob sie schon wüßte, von wem die

Rede wäre, und wartete, bis Mistreß Goodenough
mit ihrer Erzählung fertig wäre. Dann sagte sie
schüchtern:

„Sie meinen wohl Mr. Preston und Miß
Gibson?"

„Ei, wer hat es Ihnen denn gesagt?" fragte
Mistreß Goodenough, indem sie sich überrascht nach
Mistreß Dawes herumdrehte. „Von mir wissen
Sie es nicht. Es giebt außer der Molly, die Sie
da bezeichnen, in Hollingford noch sehr viele, obschon keine von so feinem Stande. Ich habe sie
nicht genannt."

„Nein, ich weiß es aber. Ich könnte auch eine
Geschichte erzählen," fuhr Mistreß Dawes fort.

„Wie? was? wirklich?" fragte Mistreß Goodenough neugierig und ein wenig eifersüchtig.

„Ja, mein Onkel Sheepshank traf die beiden
Leutchen in der Parkallee. Sie erschraken nicht
wenig, auf diese Weise überrascht zu werden, und
als er gegen Mr. Preston die Vermuthung aussprach, daß er der Liebhaber der jungen Dame sei,
ward dies von letzterem nicht in Abrede gestellt."

„Na, da nun einmal so viel heraus ist, so will
ich vollends erzählen, was ich weiß," sagte Mistreß
Goodenough. „Nur bemerken Sie wohl, daß es
durchaus nicht meine Absicht ist, der jungen Dame
zu schaden. Sie werden daher das, was ich Ihnen
jetzt mittheile, streng geheim halten."

Natürlich gab die Gesellschaft dieses Versprechen,
es war jetzt leicht, dies zu thun.

„Meine Hannah, die jetzt mit Tom Oakes ver=
heirathet ist und braußen vor der Stadt wohnt,
nahm vor ungefähr acht Tagen im Garten ihre
Pflaumen ab, als sie Molly Gibson rasch den Hecken=
weg entlang kommen sah, als ob sie Jemanden
zu treffen erwartete. Hannah's kleines Töchterchen
war gefallen, und Molly, übrigens ein gutherziges
Mädchen, hob die Kleine auf."

„Aber es war wohl Niemand bei ihr?" fragte
eine der Damen begierig, als Mistreß Goodenough
eine kurze Pause machte, um den letzten Bissen
Kuchen, den sie in der Hand hielt, in den Mund
zu stecken.

„Nein; ich sage, sie sah aus, als ob sie im Be=
griff stände, Jemanden zu erwarten. Nach einer
Weile kommt auf einmal Mr. Preston aus dem
nahen Wäldchen herbei und sagt zu Hannah: „Gebt
mir doch ein Glas Wasser, gute Frau, es ist da
drüben im Gebüsch eine Dame ohnmächtig gewor=
den, oder sie hat Krämpfe bekommen oder so etwas."
Hannah konnte es nicht ordentlich verstehen. Ob=
schon Mr. Preston Hannah nicht kannte, so kannte
diese doch ihn; es ist also kein Irrthum möglich.
Ich könnte Ihnen auch noch mehr erzählen. Erst
gestern sah ich, wie Molly diesem Mr. Preston in
Grinstead's Buchladen einen Brief gab. Er machte

9*

ihr dabei ein furchtbar finsteres Gesicht, denn er sah mich, obschon Molly mich nicht sah."

„Aber diese Leutchen passen ja ganz gut für einander," sagte Miß Airy. „Warum betreiben sie denn ihren Liebeshandel so heimlich?"

„Manche Menschen lieben das," sagte Mistreß Dawes; „es giebt der Sache einen neuen Reiz."

„Ja, es ist gleichsam das Salz zum Fleische," bemerkte Mistreß Goodenough. „Dennoch hätte ich von Molly Gibson so etwas nicht geglaubt."

„Die Gibsons bilden sich wohl sehr viel ein?" fragte Mistreß Dawes. „Mistreß Gibson hat mir ihren Besuch gemacht."

„Natürlich, sie hofft Sie doch früher oder später unter der Zahl der Patienten ihres Mannes zu sehen," sagte Mistreß Goodenough.

„Sie schien mir sehr leutselig und umgänglich zu sein, obschon sie mit der Gräfin und der ganzen Familie auf dem Schlosse sehr intim ist und auch selbst die feine Dame spielt, denn wie ich gehört habe, wird bei ihr spät dinirt, sie empfängt viel Besuche und beobachtet auch sonst Alles, was in feinen Häusern Styl ist."

„Als Mr. Gibson hierher nach Hollingford kam, ging es nicht so fein bei ihm zu," hob die Wirthin wieder an. „Damals aß er sein Hammelscotelett in seiner Officin, und die anderen Zimmer wurden gar nicht geheizt."

„Die Sache sieht in Bezug auf Miß Gibson

doch ein wenig verdächtig aus," sagte eine der Da=
men, welcher daran lag, die Conversation wieder
auf die interessantere Gegenwart zurück zu führen.
Mistreß Goodenough schien jedoch dazu keine Lust
zu haben, denn sie wendete sich gegen die Dame,
welche zuletzt gesprochen, herum, und sagte in fast
heftigem Tone:

„Von verdächtig kann keine Rede sein, und
ich muß Sie bitten, sich in Bezug auf Molly Gib=
son, die ich von ihrer Kindheit an ganz genau kenne,
sich keines solchen Ausbrucks zu bedienen. Die Sache
ist blos sonderbar — das ist das Aeußerste, was
man davon sagen kann. Ich war aber als Mäd=
chen auch ein wenig sonderbar; ich konnte nie einen
Teller Stachelbeeren sehen, ohne mich auch sofort
hinter den Busch zu schleichen und mir deren zu
pflücken. Manche Leute thun einmal gern etwas
heimlich, obschon Miß Browning dies nicht billigt,
denn sie will einmal, daß alle Courmacherei vor
den Augen der ganzen Familie stattfinde. Ich habe
weiter nichts gesagt, als daß es mich von Molly
Gibson überrascht hat und daß ich so etwas weit
eher ihrer Schwester Cynthia zugetraut hätte. Ein=
mal hätte ich sogar darauf schwören wollen, daß
diese es sei, auf welche Mr. Preston es abgese=
hen habe. Und nun, meine Damen, muß ich Ihnen
gute Nacht wünschen. Ich bin eine Feindin aller
Verschwendung, und wollte darauf wetten, daß meine
Betty das Licht in der Laterne hat schmelzen lassen,

anstatt es auszulöschen, wie ich ihr doch befohlen allemal zu thun, wenn sie auf mich warten muß."

Und demgemäß nahmen die Damen unter vielen Knixen Abschied von einander, nicht ohne Mistreß Dawes noch für den angenehmen Abend zu danken, den sie bei ihr genossen hatten.

———

Siebentes Kapitel

Die Verleumdung und ihre Opfer.

Als Mr. Gibson wieder nach Hollingford zurück=
kam, fand er, daß mittlerweile eine Menge Ge=
schäfte sich angehäuft hatten, die alle durch ihn
erledigt werden mußten, und er fühlte sich daher
stark versucht, die Folgen der beiden Erholungs=
tage, die er sich gegönnt, zu beklagen, weil er nun
nicht wußte, wie er in der nächsten Woche mit Allem
fertig werden sollte. Kaum hatte er Zeit mit seiner
Familie zu sprechen, so schleunig mußte er sich zu
schwer erkrankten Patienten verfügen. Molly machte
es aber doch möglich, ihn in der Hausflur, während
er mit seinem ausgebreiteten Ueberzieher dastand,
aufzuhalten, und ihm, während sie ihm den Rock
anziehen half, zuzuflüstern:

„Papa, gestern war Mr. Osborne Hamley ca,
um Dich zu sprechen. Er sieht sehr unwohl aus
und kam mir überhaupt sehr verstört vor."

Mr. Gibson brehte sich herum, sah Molly einen Augenblick lang betroffen an, sagte aber weiter nichts als:

„Ich werde ihn besuchen. Sage Deiner Mutter aber nicht, wo ich hin bin. Du hast doch noch nichts gegen sie erwähnt?"

„Nein," sagte Molly, denn sie hatte ihrer Stief= mama blos von Osborne's Besuch gesagt, aber nichts von der Veranlassung dazu.

„Nun dann sage ihr auch nichts; es ist nicht nöthig. Doch da fällt mir ein, daß ich heute un= möglich nach Hamley Hall reiten kann — indessen ich werde sehen."

Die Art und Weise, wie ihr Vater dies sagte, machte auf Molly einen sehr entmuthigenden Ein= druck. Sie hatte sich überredet, daß Osborne's augenscheinliche Krankheit zum Theil blos „nervös," worunter sie „eingebildet" verstand, sei. Sie hatte sich der Blicke erinnert, womit er sich an Miß Phöbe's Verlegenheit geweidet, und glaubte, ein Mensch, der davon überzeugt sei, daß er wirklich in Gefahr schwebe, könne unmöglich so heiter aus= schauen. Als sie aber jetzt die ernste Miene ihres Vaters sah, fühlte sie sich wieder in dieselbe Stim= mung zurückversetzt, wie beim ersten Anblick des ver= änderten Aussehens des jungen Mannes.

Mistreß Gibson las mittlerweile einen Brief von Cynthia, den ihr Gatte mit aus London ge= bracht, denn damals, wo das Briefporto ein so be=

trächtliches war, benutzte man gern jede Privatge=
legenheit, um einen Brief zu spediren, und Cynthia
hatte bei ihrem so eiligen Einpacken vielerlei ver=
gessen. Sie schickte daher jetzt ein Verzeichniß der
Kleider und übrigen Gegenstände, deren sie noch
bedurfte.

Molly wunderte sich fast, daß der Brief nicht
an sie gerichtet war. Sie verstand aber nicht den
Grad von Zurückhaltung, der sich ihr gegenüber in
Cynthia's Gemüth entwickelte, seit sie deren Ver=
traute geworden war. Cynthia suchte sich selbst
dieses Gefühls zu erwehren und nannte es „Un=
dankbarkeit;" der Grund davon aber lag darin, daß
sie glaubte, sie behaupte jetzt nicht mehr den früheren
hohen Platz in Molly's Achtung, und sie konnte
nicht umhin, sich von einer Person abzuwenden,
welche so viel von ihr wußte, was ihr nicht zur
Ehre gereichte. Sie erkannte Molly's rasche Ent=
schiedenheit und bereitwillige Thätigkeit, selbst wenn
diese für sie selbst unangenehm war, vollkommen
an. Sie wußte auch, daß Molly niemals die der
Vergangenheit angehörigen Verirrungen und Ver=
legenheiten wieder zur Sprache bringen würde; aber
dennoch äußerte das Bewußtsein, daß dieses gute,
biedere Wesen Cynthia von einer Seite kennen ge=
lernt, die ihr nicht zum Vortheil gereichte, eine
erkältende Wirkung und minderte den Trieb zum
Verkehr mit ihr.

Aber mochte sie sich nun über ihre Undankbarkeit

so viel Vorwürfe machen als sie wollte, so konnte
sie doch nicht umhin, in der Abwesenheit von Molly
eine gewisse Erleichterung zu empfinden. Es ward
ihr schwer, mit ihr zu sprechen, als ob nichts vor=
gefallen wäre, und daher ward es ihr auch schwer,
an sie wegen vergessener Bänder und Spitzen zu
schreiben, während ihre letzte Unterredung sich um
so ganz verschiedene Gegenstände gedreht und so
heftige Kundgebungen des Gefühls hervorgerufen
hatte.

So kam es, daß Mistreß Gibson die Liste in
der Hand hielt und die kleinen Bruchstücke von
Neuigkeiten vorlas, die mit den Bemerkungen über
Cynthia's Bedürfnisse untermischt waren.

„Helene kann doch nicht so sehr krank sein,“
sagte Molly endlich, „sonst würde sich Cynthia nicht
ihr rosenfarbenes Mousselinkleid und ihren Maß=
liebenkranz ausbitten.“

„Die Richtigkeit dieser Schlußfolgerung muß ich
bestreiten,“ entgegnete Mistreß Gibson etwas spitz.
„Helene würde nie so egoistisch sein, Cynthia zwin=
gen zu wollen, daß sie bei ihr bliebe, auch wenn
sie noch so krank wäre. Ich würde überhaupt es
sogar für meine Pflicht gehalten haben, Cynthia
n i c h t nach London gehen zu lassen, wenn ich ge=
glaubt hätte, daß sie dort fortwährend der beprimiren=
den Atmosphäre eines Krankenzimmers ausgesetzt
sein würde. Ueberdies kann es Helenen nur ange=
nehm sein, wenn Cynthia ihr in der ihr eigenen

erheiternben Weife von ben Gefellfchaften erzählt,
welchen fie beiwohnt, unb felbft wenn Cynthia an
bergleichen keinen Gefallen fänbe, würbe ich fie boch
aufforbern, fich zu opfern unb um Helenens willen
fo viel als möglich auszugehen. Nach meiner Jbee
barf man, wenn man einen Kranken zu pflegen hat,
nicht fortwährenb an bie eigenen Wünfche unb
Neigungen benken, fonbern man muß vielmehr bas
thun, was am meiften bazu beiträgt, bem Kranken
bie Langeweile weniger fühlbar zu machen. Ich
weiß aber wohl, baß nur wenige Menfchen Ge=
legenheit gehabt haben, über bie Sache fo reiflich
nachzubenken wie ich."

Miftreß Gibfon fanb es angemeffen, hier einen
Seufzer hören zu laffen, ehe fie in Cynthia's Brief
weiter fortfuhr. In fo weit Molly aus bem ziem=
lich unzufammenhängenben Gefchreibfel, welches ihr
obenbrein in noch weit unzufammenhängenberer Weife
vorgelefen warb, einen Sinn abnehmen konnte,
gefiel es Cynthia wirklich, unb fie freute fich, fich
Helenen zugleich angenehm unb nützlich zu machen,
obfchon fie fich auch leicht überreben ließ, an ben
fortwährenben kleinen Luftbarkeiten Theil zu nehmen,
bie felbft zu biefer tobten Zeit bes Jahres im Haufe
ihres Onkels ftattfanben.

Einmal ftieß Miftreß Gibfon auch auf Mr.
Henberfon's Namen unb fuhr bann fort, eine Weile
vor fich hin zu murmeln. Es klang bies fehr ge=
heimnißvoll, hätte aber auch eben fo gut unterbleiben

können, denn Cynthia schrieb in dieser Beziehung
weiter nichts als: „Mr. Henderson's Mutter hat
meiner Tante gerathen, einen gewissen Doctor Do=
nalbson zu Rathe zu ziehen, der in solchen Krank=
heiten, wie die, woran Helene leidet, bedeutende
Erfahrung und Geschicklichkeit besitzen soll. Mein
Onkel weiß aber nicht gewiß, ob er es thun könne,
ohne sich eines Verstoßes gegen die ärztliche Etiquette
schuldig zu machen.''

Dann folgte ein sehr liebreicher, sorgfältig ab=
gefaßter Gruß an Molly, worin Cynthia, wenn
auch nicht mit dürren Worten, den innigsten Dank
für das zu erkennen gab, was Molly für sie gethan.

Dies war aber Alles, und Molly ging, sie wußte
selbst nicht warum, ein wenig niedergeschlagen
hinweg.

Lady Cumnor hatte die an ihr vorzunehmende
Operation glücklich überstanden, und man hoffte sie
in wenig Tagen nach Cumnor Towers bringen zu
können, damit sie in der frischen Landluft neue
Kräfte sammele.

Mr. Gibson hatte sich natürlich für diese Sache
im höchsten Grade interessirt, und es hatte sich dabei
herausgestellt, daß seine Meinung im Gegensatz zu
der einiger der berühmtesten Aerzte Londons die
richtige gewesen. Die Folge davon war, daß er
auch während der Genesung der Lady häufig zu
Rathe gezogen ward, und da er auch in dem engen
Cirkel seiner Stadtpraxis viel zu thun und lange

Briefe an seine Collegen in London zu schreiben
hatte, so kostete es ihn große Mühe, die drei oder
vier Stunden zu erübrigen, die er bedurfte, um
nach Hamley reiten und Osborne sprechen zu können.
Mittlerweile schrieb er ihm aber und bat ihn um
sofortige, in Bezug auf alle Symptome ausführliche
Antwort. Diese ließ ihn, als er sie erhielt, den
Fall nicht als einen unmittelbar b'ringlichen er=
scheinen, und Osborne erklärte selbst, daß Mr. Gib=
son blos um seinetwillen nicht nach Hamley Hall
zu kommen brauche.

Demgemäß ward der Besuch auf jene „gelegenere
Zeit" verschoben, welche so oft zu spät ist.

Während dieser Zeit hatte das Gerede über Molly's
Zusammenkünfte mit Mr. Preston, ihre heimliche
Correspondenz und die verstohlenen Zusammen=
künfte an einsamen Orten immer weitere Fortschritte
gemacht und war zuletzt geradezu in das Stadium
der Verleumdung getreten. Das einfache, unschuldige
Mädchen, welches durch die stillen Gassen des
Städchens ging, ohne zu ahnen, daß sie für den
Augenblick der Gegenstand geheimnißvoller Gerüchte
war, ward das schwarze Schaf der ganzen Stadt.
Die Dienstboten hörten theilweise, was in dem
Gesellschaftszimmer ihrer Herrinnen gesprochen ward,
und übertrieben das, was sie aufgeschnappt, unter
Anwendung der gemeinen berben Ausdrücke, welche
man von Leuten ohne Erziehung zu hören pflegt.
Mr. Preston selbst bemerkte, daß Molly's Name

mit dem seinigen in Verbindung gebracht ward, obschon er sich schwerlich eine Vorstellung von der Ausdehnung machte, welche Neugier und Klatschsucht den anfänglich umlaufenden schwachen Gerüchten gegeben. Er lachte daher im Stillen über die Ver= wechselung, nahm sich aber nicht die Mühe, den Irrthum zu berichtigen.

„Es ist ihr schon recht," sagte er bei sich selbst; „warum mischt sie sich in die Angelegenheiten an= derer Leute!"

Ja, er fühlte sich gleichsam dadurch befriedigt, denn er ward dadurch für die Niederlage gerächt, welche er durch Molly's Drohung, an Lady Harriet zu appelliren, erlitten, ebenso wie für die Demüthigung, von ihren wahrheitsliebenden Lippen zu erfahren, wie Cynthia und sie selbst mit persönlichem Wider= willen auf der einen und mit augenscheinlicher Verachtung von der andern Seite über ihn ge= sprochen.

Hätte übrigens Mr. Preston die Thatsache leug= nen oder dem Gerücht entgegen treten wollen, so hätte er fürchten müssen, dadurch den Anlaß zu einer genaueren Untersuchung der wirklichen Wahrheit zu geben, und es wäre dann vielleicht noch mehr in Bezug auf die vereitelten Bemühungen, womit er Cynthia zum Halten ihres ihm gegebenen Wortes zu zwingen gesucht, an den Tag gekommen.

Er grollte mit sich selbst, daß er Cynthia noch liebte — das heißt nach seiner Weise. Er sagte

sich, daß viele Damen von Vermögen und bevor=
zugter Stellung ihn sehr gern zum Gatten nehmen
würden. Einige davon waren auch sehr hübsch,
und er fragte sich, warum er ein so verblendeter
Thor sei, einem vermögenslosen Mädchen nachzu=
laufen, welches noch dazu so unbeständig sei wie der
Wind.

Die Antwort war, logisch betrachtet, ziemlich
einfältig, in der That aber zwingend.

Cynthia war eben Cynthia, und selbst die Venus
hätte sie nicht zu ersetzen oder zu verdrängen ver=
mocht. Mr. Preston war in dieser Beziehung treuer
und aufrichtiger, als viele würdigere Männer, welche,
wenn sie heirathen wollen, sich mit gleichgültiger
Leichtigkeit von dem Unerreichbaren dem Erreich=
baren zuwenden und ihren Gefühlen und ihrer
Phantasie weiten Spielraum lassen, bis sie Eine
finden, welche bereit ist, die Ihrige zu werden.
Keine aber konnte für Mr. Preston das werden,
was Cynthia ihm gewesen und noch war, und den=
noch wäre er in gewissen Anwandelungen seines
Gemüths im Stande gewesen, sie zu erdolchen.

Bald nach jenem Gesellschaftsabend bei Mistreß
Dawes kam jedoch eine Zeit, wo Molly fühlte, daß
die Leute sie mit scheelen Blicken ansahen. Mistreß
Goodenough zerrte ganz offen ihre Enkelin hinweg,
wenn diese auf der Straße stehen bleiben wollte,
um mit Molly zu sprechen, und eine Verabredung,
welche die beiden Mädchen wegen eines gemein=

schaftlich vorzunehmenden weiten Spaziergangs ge=
troffen, ward unter einem nichtigen Vorwande rück=
gängig gemacht. Mistreß Goodenough sprach sich
über ihr Benehmen gegen eine ihrer Freundinnen
auf folgende Weise aus:

„Sehen Sie, ich verdenke es einem Mädchen
durchaus nicht, wenn sie hier und da mit ihrem
Geliebten Zusammenkünfte hat. Kommt sie aber
dadurch in's Gerede, so steht die Sache dann anders.
Molly Gibson's Name ist jetzt in Aller Munde, und
ich bin es meiner Tochter, die mir ihre Arabella an=
vertraut hat, schuldig, letztere nicht mehr mit einem
Mädchen verkehren zu lassen, welches so unvorsichtig
gewesen ist, seine Geheimnisse unter die Leute
kommen zu lassen. Unter solchen Verhältnissen thut
man am besten, sich wenigstens für einige Zeit von
der betreffenden Person zurückziehen, bis wieder
Gras über die Sache gewachsen ist und jemand
Anders an die Reihe kommt. Vor der Hand wird
daher Arabella keinen Umgang mehr mit Molly
Gibson haben."

Die Schwestern Browning blieben ziemlich lange
in Unkenntniß von dem, was böse Zungen über
Molly flüsterten. Die ältere Miß Browning war
als sehr leicht reizbar bekannt, und man hütete
sich in der Regel sorgfältig, auch nur das Mindeste
über Personen zu äußern, welche sie mit dem Schilde
ihrer Liebe deckte. Sie selbst hofmeisterte natürlich
diese Personen nach Herzenslust; sie suchte förmlich

etwas darin, sagen zu können, daß sie ihnen nichts
ungerügt hingehen lasse; Andere aber durften sich
nicht unterstehen, es ebenso machen zu wollen.

Miß Phöbe flößte den Leuten keinen derartigen
Schrecken ein, und der Grund, weshalb s i e nicht
gleichzeitig mit anderen Leuten von den zu Molly's
Nachtheil umlaufenden Gerüchten hörte, war, daß
sie, wenn sie auch nicht die Rose selbst war, doch
in der Nähe derselben lebte. Abgesehen hiervon
war sie von so weichem Gemüth, daß selbst die
dickhäutige Mistreß Goodenough sich nicht überwin=
den konnte, etwas zu sagen, was ihr Schmerz be=
reitet hätte, und es war daher die erst seit Kurzem
in diesen Kreisen sich bewegende Mistreß Dawes,
die in aller Unschuld das Stadtgespräch als etwas
erwähnte, was Miß Phöbe längst bekannt sein müsse.

Diese ergoß sich natürlich sofort in einen Strom
von Fragen, obschon sie unter Thränen betheuerte,
daß sie von Allem, was man ihr antworte, kein
Wort glaube. Es war ein wirklicher Beweis von
Heldenmuth, den sie gab, daß sie das schreckliche
Geheimniß vier oder fünf Tage vor ihrer Schwe=
ster bewahrte, bis diese endlich eines Abends sie mit
den Worten attaquirte:

„Phöbe, entweder hast Du einen Grund, fort=
während so zu seufzen, oder Du thust es ohne allen
Grund. Wenn Du einen Grund hast, so ist es
Deine Pflicht, mir denselben sofort mitzutheilen,
und wenn Du keinen hast, so mußt Du eine Un=

tugend, welche zur Gewohnheit zu werden scheint,
schleunigst wieder abzulegen suchen."

„Ach, glaubst Du, es sei wirklich meine Pflicht,
Dir zu sagen, was mich bedrückt? Es wäre dies
für mich selbst eine große Herzenserleichterung, aber
ich weiß'nicht, ob ich es thun darf. Es wird Dir
solchen Kummer machen!"

„Unsinn! Ich bin durch die häufige Betrach=
tung der Möglichkeit eines Unglücks so darauf vor=
bereitet, daß ich jede schlimme Nachricht mit an=
scheinendem Gleichmuth und wirklicher Ergebung
anhören zu können glaube. Uebrigens, als Du
gestern beim Frühstück sagtest, Du wolltest diesen
Tag zum Aufräumen Deiner Kommoden verwen=
den, ahnte ich gleich, daß irgend ein Unglück bevor=
stehe, obschon ich natürlich kein Urtheil über den
Umfang desselben habe. Also sage, was es ist. Hat
die Bank in Highchester vielleicht fallirt?"

„Ach, liebe Sally," sagte Miß Phöbe, indem
sie der auf dem Sopha sitzenden älteren Schwester
näher rückte: „Hast Du das wirklich gedacht? Dann
wünschte ich, ich hätte Dir gleich von Anfang an
mitgetheilt, um was es sich handelt."

„Laß Dir das zur Warnung dienen, Phöbe,
und verschweige mir künftig nie wieder etwas. Ich
glaubte wirklich, wir wären ruinirt, weil Du Dich
so unglücklich geberdetest. Selbst zu Mittag issest
Du kaum einen Bissen und seufzest dabei fortwäh=
rend. Also, was ist es?"

„Ich weiß wirklich nicht, wie ich es Dir sagen soll, Sally."

Miß Phöbe fing, indem sie dies sagte, an zu weinen; ihre Schwester aber packte sie beim Arme und rüttelte sie, indem sie sagte:

„Wenn Du mir das Geheimniß mitgetheilt hast, dann kannst Du weinen, so viel Du Lust hast, aber nicht jetzt, wo ich wie auf Kohlen sitze."

„Molly Gibson ist ihres guten Rufs verlustig gegangen, liebe Schwester. Das ist es, was mich bekümmert!"

„Das ist nicht wahr!" rief die ältere Schwester entrüstet. „Wie kannst Du Dir unterstehen, solche Geschichten von dem Kinde unserer guten seligen Mary zu erzählen! Laß mich so etwas nie wieder hören!"

„Ich kann nicht dafür. Mistreß Dawes sagte es mir und bemerkte dabei, es sei in der ganzen Stadt herum. Dennoch sagte ich ihr, ich glaubte kein Wort davon und wollte auch Dir nichts sagen, aber ich glaube, ich wäre wirklich krank geworden, wenn ich die Sache noch länger verschwiegen hätte. O Schwester, was willst Du thun?"

Die ältere Miß Browning hatte sich nämlich, während Phöbe dies sagte, ohne ein Wort zu sprechen von ihrem Sitze erhoben und stand im Begriff, das Zimmer in stolzer, gemessener Weise zu ver= lassen.

„Ich will meinen Hut aufsetzen und meinen

Shawl umwerfen, um dann sofort zu Mistreß Da=
wes zu gehen und sie wegen ihrer Lügen zur Rede
zu stellen."

„O sage nicht Lügen, Schwester! Das ist ein
hartes, garstiges Wort; nenne es lieber Gewäsch,
denn ich glaube nicht, daß sie es böse meinte. Und
überdies — überdies — wenn sich nun heraus=
stellen sollte, daß es Wahrheit ist, was sie ge=
sprochen! Das ist eben die Last, die mir so schwer
auf dem Herzen liegt, denn Vieles von dem, was
sie erzählte, klingt, als ob es wahr sein könnte."

„Was erzählt man denn?" fragte die ältere
Miß Browning mit strenger Miene wie ein Ver=
hörsrichter, während sie immer noch mitten im
Zimmer stand.

„Nun zum Beispiel, daß Molly ihm einen Brief
gegeben hat."

„Wen verstehst Du unter dem „Ihm?" Wie
soll ich eine Geschichte begreifen, die mir auf so
kauderwälsche Weise erzählt wird?" fragte Miß
Sally, indem sie sich auf den nächsten Stuhl nieder=
ließ und sich vornahm, geduldig zu sein, wenn es
ihr nämlich möglich wäre.

„Ich meine Mr. Preston. Und die Geschichte
mit dem Briefe muß wahr sein, denn als wir bei
dem Schnitthändler waren und ich Molly fragen
wollte, ob sie glaube, daß Blau bei Licht wie Grün
aussähe, war sie fort von mir und schon hinüber
über die Straße gelaufen, um Mr. Preston den

Brief einzuhändigen, und Mistreß Goodenough, die gerade in den Laden des Buchhändlers trat, hat Alles mit angesehen."

Miß Browning's Schrecken über diese Mitthei= lung drängte selbst ihre Entrüstung in den Hinter= grund. Sie sagte daher blos:

„Phöbe, Du bringst mich um den Verstand. Sage mir, was Du von Mistreß Dawes gehört hast, in vernünftiger und zusammenhängender Weise."

„Ich bin ja bemüht, Dir Alles zu erzählen, wie es geschehen ist."

„Also was hörtest Du von Mistreß Dawes?"

„Nun, daß Molly und Mr. Preston mit ein= ander gingen, gerade so, als ob sie ein Dienst= mädchen und er ein Gärtnerbursche wäre. Sie treffen sich an unpassenden Orten und zu unschicklichen Stunden — sie sinkt ihm ohnmächtig in die Arme; sie begegnen sich Abends, wenn es schon völlig dun= kel ist; sie schreiben einander und drücken sich verstohlen ihre Briefe in die Hände. Das erzählt man, und was das zuletzt Erwähnte betrifft, so habe ich es fast mit eigenen Augen gesehen. Sie lief von mir aus dem Schnittladen hinweg wieder hinüber zu Grinstead, wo Mr. Preston war, denn wir hatten diesen eben dort verlassen, und sie hatte auch einen Brief in der Hand, den sie dann, als sie gleich darauf in großer Aufregung zu mir zurück= kehrte, nicht mehr hatte. Dennoch dachte ich mir damals weiter nichts dabei, jetzt aber, wo die ganze

Stadt davon spricht, fiel es mir wieder ein, be=
sonders da man sagt, es sei die höchste Zeit, daß
aus diesem Liebespaar ein Ehepaar werde.“

Miß Phöbe begann, nachdem sie dies gesagt,
wieder zu schluchzen, ward aber plötzlich dadurch
aufgerüttelt, daß sie eine tüchtige Ohrfeige auf ihrer
Wange brennen fühlte. Miß Sally stand vor
Wuth an allen Gliedern zitternd vor ihr und
sagte:

„Wenn ich Dich jemals wieder so etwas sagen
höre, Phöbe, so werfe ich Dich augenblicklich zum
Hause hinaus.“

„Aber mein Himmel! Ich habe ja blos gesagt,
was ich von Mistreß Dawes gehört, und auch nicht
eher, als bis Du es durchaus wissen wolltest,“ ent=
gegnete Miß Phöbe bemüthig und schüchtern. „O
Sally, so hättest Du mich nicht behandeln sollen!“

„Wie ich Dich behandeln soll und wie ich Dich
nicht behandeln soll, davon kann jetzt keine Rede
sein. Wir haben vor allen Dingen zu überlegen,
wie wir allen diesen Lügen Einhalt thun können.“

„Aber Sally, es sind nicht lauter Lügen. Ich
fürchte, Mehreres ist davon war, obschon ich es, als
Mistreß Dawes es mir erzählte, ebenfalls nicht
glauben wollte.“

„Wenn ich zu Mistreß Dawes gehe und sie mir
dieselben Geschichten auftischt, so fürchte ich, daß
ich sie ebenfalls ohrfeige, denn ich kann es einmal
nicht mit anhören, wenn man dem Kinde der gu=

ten seligen Mary etwas Schlechtes nachsagt," sagte
Miß·Sally wie mit sich selbst sprechend. „Dies würde
aber mehr Schaden als Nutzen bringen, Phöbe; es
thut mir leid, daß ich Dir die Ohrfeige gegeben
habe, aber ich würde es wieder thun, wenn Du
noch einmal·dasselbe sagest."

Phöbe ergriff eine der welken Hände ihrer
Schwester und streichelte sie, um derselben zu er=
kennen zu geben, daß ihre Erklärung, es thue ihr
leid, sie geschlagen zu haben, ihr vollkommene Ge=
nugthuung gewähre.

„Wenn ich," fuhr die ältere Miß Browning
fort, „mit Molly spreche, so wird diese es leugnen,
wenn sie nämlich auch nur halb so schlecht ist, als
man von ihr sagt; ist sie aber nicht schlecht, so wird
sie sich zu Tode grämen. Nein, das geht nicht; ich
darf nicht mit ihr sprechen. Mistreß Goodenough
— doch das ist eine Gans, und wenn es mir auch
gelänge, sie zu überzeugen, so könnte sie doch nie=
mals jemand Anders überzeugen. Nein, Mistreß
Dawes, welche Dir diese sauberen Geschichten er=
zählt hat, soll mir Rede stehen, aber ich werde die
Hände in meinem Muff behalten, damit ich mich
nicht wieder zu Thätlichkeiten hinreißen lasse. Habe
ich dann gehört, was es zu hören giebt, so werde
ich Alles Mr. Gibson mittheilen. So werde ich es
machen. Du brauchst es mir nicht ausreden zu
wollen, Phöbe, denn ich würde doch nicht auf Dich
hören."

Miß Sally Browning ging demgemäß zu Mi=
streß Dawes und begann in ziemlich höflichem Tone
sich nach den in Hollingford umlaufenden Gerüch=
ten über Molly und Mr. Preston zu erkundigen.

Mistreß Dawes ging auch richtig in die Falle
und erzählte alle wirklichen und erdichteten Um=
stände der das Stadtgespräch bildenden Geschichte, ohne
den Sturm zu ahnen, der sich zusammenziehen
würde, sobald sie aufgehört hätte zu sprechen. Sie
besaß jedoch nicht den Respect vor Miß Browning,
der so viele andere Damen von Hollingford abgehalten
haben würde, sich ihr gegenüber zu rechtfertigen.
Mistreß Dawes vertheidigte sich vielmehr und er=
zählte noch mehr kleine Skandalgeschichten in Be=
zug auf Molly, die sie, wie sie sagte, zwar nicht selbst
glaubte, die aber gewiß von vielen Anderen geglaubt
werden würden. Zugleich führte sie auch für die
Wahrheit dessen, was sie sagte und was man glaubte,
so viele Beweise an, daß Miß Browning dadurch
völlig zu Boden gedrückt ward und, als Mistreß Dawes
mit ihrer Rechtfertigung zu Ende war, schweigend und
bekümmert dasaß.

„Ach mein Himmel," sagte sie, als sie sich von
ihrem Stuhle erhob, „ich beklage es, diesen Tag
erlebt zu haben. Diese Mittheilungen sind für mich
ein Schlag, als ob es sich um mein eigenes Fleisch
und Blut handelte. Ich muß Sie wegen dessen,
was ich vorhin sagte, um Verzeihung bitten, Mi=
streß Dawes. Heute aber kann ich es nicht thun.

Ich hätte nicht so zu Ihnen sprechen sollen, wie ich es gethan habe; aber ich kann jetzt an weiter nichts denken, wie an diese unglückliche Angelegenheit."

„Ich hoffe, Sie werden mir die Gerechtigkeit widerfahren lassen, einzusehen, daß ich blos wiedergesagt, was ich aus guter Quelle gehört, Miß Browning," entgegnete Mistreß Dawes.

„Schlimme Dinge darf man aber, selbst wenn man sie aus guter Quelle weiß, nicht nachreden, wenn man nicht dadurch etwas Gutes herbeiführen kann," sagte Miß Browning, indem sie ihre Hand auf Mistreß Dawes' Schulter legte. „Ich will mich nicht für besser ausgeben, als ich bin, aber ich weiß, was gut ist, und dieser Rath ist es. Nehmen Sie mir nicht übel, daß ich mich vorhin so heftig aussprach, aber Gott allein weiß, welchen Schmerz Sie mir bereitet haben. Nicht wahr, Sie verzeihen mir?"

Mistreß Dawes fühlte Miß Browning's Hand auf ihrer Schulter zittern und sah den Ausdruck wirklichen tiefen Kummers in ihren Zügen, und es ward ihr daher nicht schwer, die verlangte Verzeihung zu gewähren.

Miß Browning ging dann nach Hause, sprach aber nur wenige Worte zu Phöbe, welche recht wohl sah, daß ihre Schwester die ihr mitgetheilten Gerüchte bestätigt gefunden. Sie bedurfte daher auch weiter keiner Erklärung, warum Sally bei Tische so wenig

aß, so kurze Antworten gab und so wehmüthig vor
sich hinschaute.

Nachdem die Mahlzeit vorüber war, setzte sich
die ältere Schwester an ihren Schreibtisch und
schrieb ein kurzes Briefchen; dann zog sie die Klin=
gel und befahl dem eintretenden Mädchen, das Billet
zu Mr. Gibson zu tragen, und wenn er nicht zu
Hause wäre, seinen Leuten aufzutragen, es ihm so=
fort zu übergeben, sobald er nach Hause zurückkeh=
ren würde.

Dann ging sie und setzte ihre Sonntagshaube
auf, und Phöbe errieth, daß ihre Schwester Mr.
Gibson in dem erwähnten Billet ersucht habe, zu
ihr zu kommen, um sich durch sie von den über seine
Tochter umlaufenden Gerüchten unterrichten zu
lassen.

Sally war durch die ihr bevorstehende Aufgabe,
ebenso wie durch die ihr gewordenen Mittheilungen,
in nicht geringe Aufregung versetzt. Sie fühlte sich
außerordentlich unbehaglich und zeigte sich gegen
Phöbe sehr reizbar, während das Garn, dessen sie
sich bei ihrer Arbeit bediente, in Folge dieser Reiz=
barkeit und des krampfhaften Zuckens ihrer Hände
fortwährend riß.

Als auf die wohlbekannte Art des Arztes an
die Thür gepocht ward, nahm Sally ihre Brille ab
und ließ sie auf den Teppich fallen, so daß sie zer=
brach. Dann forderte sie ihre Schwester auf, das
Zimmer zu verlassen, gerade als ob diese mit

dem bösen Blick behaftet gewesen und das eben
stattgehabte kleine Unglück durch sie veranlaßt wor=
den wäre. Sie wollte gern natürlich aussehen,
wußte aber vor lauter Verlegenheit nicht, ob sie den
Arzt sitzend oder stehend empfangen sollte.

„Nun," sagte Mr. Gibson, indem er heiter ge=
stimmt eintrat und, sich die kalten Hände reibend,
gerade auf den Kamin losging. „Was giebt es?
Hapert es mit Phöbe wieder einmal? Sie hat doch
nicht wieder ihre alten Krämpfe bekommen? In=
dessen wenn dies auch der Fall wäre, so wollten
wir sie doch bald wieder auf die Füße bringen."

„Ach, Mr. Gibson, ich wollte, es handelte sich
um Phöbe oder, wenn es nicht anders wäre, auch
um mich," sagte Miß Browning, indem sie immer
heftiger zitterte.

Mr. Gibson setzte sich, als er ihre Aufregung
sah, geduldig neben sie nieder und faßte sie freund=
lich bei der Hand.

„Uebereilen Sie sich nicht — nehmen Sie sich
Zeit; es wird ja nicht so schlimm sein, wie Sie
glauben. Es giebt viel Hülfe in der Welt, wenn
wir dieselbe auch oft mißbrauchen."

„Ach, Mr. Gibson, Ihre Molly ist es, worüber
ich so traurig bin. Nun ist es heraus, und Gott
helfe uns beiden und auch dem armen Kinde, denn
ich bin überzeugt, sie ist verleitet worden."

„Molly?" sagte Mr. Gibson nicht wenig über=

rafdjt. „Was hat benn meine kleine Molly gesagt ober gethan?"

„O, Mr. Gibson, ich weiß nicht, wie ich es Ihnen sagen soll! Ich würde nie etwas bavon er= wähnt haben, wenn ich nicht zu meinem Schmerz unb gegen meinen Willen bavon überzeugt worden wäre."

„Nun, jebenfalls sagen Sie mir, was Sie ge= hört haben," entgegnete ber Arzt, inbem er ben Ellbogen auf ben Tisch stützte unb bie Hanb vor bie Augen hielt. „Nicht als ob ich mich im ge= ringsten vor etwas fürchtete, was man von meiner Tochter erzählt," fuhr er fort; „in einem kleinen Klatschnest wie bieses aber ist es gut, wenn man weiß, wovon bie Leute schwatzen."

„Man sagt — o wie soll ich es Ihnen sagen?"

„Nur heraus bamit!" sagte er, inbem er bie Hanb von seinen brennenden Augen hinwegnahm. „Ich werbe es nicht glauben, unb folglich brauchen Sie nichts zu fürchten."

„Ich fürchte aber, Sie werben es glauben müs= sen. Ich würbe es Ihnen nicht sagen, wenn ich nicht müßte. Molly steht in heimlichem Brief= wechsel mit Mr. Preston!"

„Mit Mr. Preston?" wieberholte ber Arzt er= staunt.

„Ja, unb sie trifft ihn an allerhanb verbächtigen Orten unb zu sehr unpassenben Stunben — im Freien — im Dunkeln — ja, sie wirb sogar, wenn ich es nun einmal sagen muß, in seinen Armen ohnmächtig. Die ganze Stadt spricht davon."

Mr. Gibson hielt sich wieder die Hand über die Augen, entgegnete aber nichts, und Miß Brow= ning fuhr daher, ihrem Gemälde einen Pinselstrich nach dem andern zufügend, fort:

„Mr. Sheepshank sah sie beisammen. In Grin= steab's Buchladen haben sie Briefe mit einander gewechselt. Sie ist ihm borthin, nachgelaufen."

„Schweigen Sie!" rief Mr. Gibson plötzlich, indem er die Hand von den Augen nahm und sein ergrimmtes Gesicht zeigte. „Ich habe nun genug gehört! Sagen Sie nichts weiter! Ich sagte, ich würde es nicht glauben, und glaube es auch nicht. Ich bin Ihnen Dank dafür schuldig, daß Sie es mir gesagt haben, jetzt aber kann ich Ihnen noch nicht danken."

„Ich verlange Ihren Dank nicht," sagte Miß Browning fast weinend; „obschon Sie wieder ver= heirathet sind, so glaubte ich doch, Sie müßten es erfahren, denn ich kann nicht vergessen, daß Sie früher einmal der Gatte unserer guten lieben Mary waren, und daß Molly deren Kind ist."

„Ich möchte jetzt lieber nicht davon sprechen," sagte er, ohne Miß Browning's letzte Bemerkung zu beantworten. „Ich möchte mich nicht so beherr= schen können, wie ich sollte. Ich wünschte nur, ich träfe diesen Preston; ich schlüge ihn krumm und lahm! Diese klatschsüchtigen Verleumder! Ich wollte, sie kämen mir alle unter die Hände; ich würde ihnen die Mäuler gehörig zu stopfen wissen. Meine arme kleine Molly! Was hat sie diesen Menschen gethan, daß sie ihren guten Namen auf diese Weise besudeln?"

„Aber Mr. Gibson, ich fürchte, es ist Alles wahr. Ich würde Sie nicht ersucht haben, zu mir zu kommen, wenn ich die Sache nicht erst genau erforscht hätte. Ermitteln Sie erst die Wahrheit, ehe Sie eine Gewaltthätigkeit begehen und Jemanden zum Krüppel schlagen oder gar vergiften."

Mit der ganzen Inconsequenz eines leidenschaft= lich erregten Gemüths schlug Mr. Gibson ein lautes Gelächter auf und rief:

„Habe ich gesagt, ich wolle Jemanden zum Krüp= pel schlagen oder vergiften? Wie können Sie glau= ben, daß ich durch einen Act der Gewaltthätigkeit von meiner Seite Molly's Namen erst recht vor die Oeffentlichkeit bringen würde! All' dieses Geschwätz wird, ebenso wie es entstanden ist, auch wieder in den Hintergrund treten. Die Zeit wird beweisen, daß es erlogen ist."

„Das glaube ich aber nicht," sagte Miß Browning, „Sie müssen etwas thun, nur weiß ich nicht was."

„Ich werde nach Hause gehen und Molly selbst fragen, was das Alles bedeuten soll. Weiter werde ich nichts thun. Wenn man Molly so kennt, wie ich sie kenne, so kann man die Sache nicht anders als lächerlich finden."

Mr. Gibson stand auf und ging mit haſtigen Schritten im Zimmer auf und ab, indem er von Zeit zu Zeit ein kurzes, unnatürliches Gelächter ausſtieß.

„In der That," hob er wieder an, „ich bin neu= gierig, was dieſe Klatſchmäuler nächſtens auftiſchen werden. Der Satan weiß doch immer für müſſige Zungen Beſchäftigung zu finden."

„Sprechen Sie in dieſem Hauſe nicht vom Sa= tan, wenn ich bitten darf," ſagte Miß Browning. „Niemand weiß, was geſchehen kann, wenn ſo leicht= fertig geſprochen wird."

Ohne von ihr Notiz zu nehmen, fuhr Mr. Gib= ſon, wie mit ſich ſelbſt ſprechend, fort:

„Ich hätte große Luſt, dieſen Ort ganz und gar zu verlaſſen, aber zu welchem Gerede würde das erſt Anlaß geben!"

Er ſchwieg wieder eine Weile und ſetzte, mit den Händen in den Taſchen und die Augen auf den Boden geheftet, ſeinen Quarterdeckmarſch fort. Plötzlich blieb er dicht an Miß Browning's Stuhl ſtehen und ſagte:

„Ich zeige mich für einen ſo echten Beweis von Freundſchaft, wie Sie mir heute gegeben haben, ſehr undankbar. Mag das Gerücht wahr oder falſch ſein, ſo mußte ich jedenfalls davon in Kenntniß geſetzt werden, und es kann für Sie keine ange= nehme Aufgabe geweſen ſein, es mir mitzutheilen. Ich danke Ihnen von Grund meines Herzens."

„Wenn es falsch gewesen wäre, Mr. Gibson, so würde ich Ihnen nichts davon gesagt haben; aber lassen Sie es nur allmählich wieder verstummen."

„Es ist aber nicht wahr!" sagte er hartnäckig, indem er Miß Browning's Hand, die er in seiner überwallenden Dankbarkeit gefaßt, wieder losließ.

Miß Browning schüttelte den Kopf und sagte:

„Um ihrer Mutter willen werde ich Molly stets lieben."

Es war dies ein großes Zugeständniß von der sittenstrengen Miß Browning. Molly's Vater be= trachtete es aber nicht als ein solches, sondern sagte:

„Sie sollten Molly um ihrer selbst willen lie= ben. Sie hat nichts gethan, was ihr zur Unehre ge= reichte. Ich werde jetzt sofort nach Hause gehen und der Wahrheit auf den Grund kommen."

„Als ob das arme Mädchen, welches schon zu Betrug und Verstellung verleitet worden, großes Bedenken tragen würde, sich auch noch fernerer Un= wahrheiten schuldig zu machen," bemerkte Miß Browning zur Entgegnung auf diese letzten Worte des Arztes, besaß aber doch Discretion genug, dies nicht eher zu sagen, als bis er weit genug fort war, um es nicht mehr hören zu können.

Achtes Kapitel.

Eine unschuldige Verbrecherin.

Mit gesenktem Haupte, als ob ihm ein scharf=
wehender Wind entgegenkäme, wiewohl sich gerade
jetzt kein Lüftchen rührte, ging Mr. Gibson mit ra=
schen Schritten wieder nach seiner Wohnung zurück.
Er zog die Hausthürklingel, was er sonst nie zu
thun pflegte. Marie, die Dienerin, öffnete.

„Geh' und sage Miß Molly, sie solle in das
Speisezimmer kommen. Sage aber nicht, wer es ist,
der sie zu sprechen wünscht."

Der Ton, in welchem Mr. Gibson dies sagte,
bewog die Dienerin, ihm buchstäblich zu gehorchen,
obschon Molly überrascht fragte:

„Es wünscht mich Jemand zu sprechen? Wer
ist es, Marie?"

Mr. Gibson ging in das Speisezimmer hinein
und schloß die Thür, um einen Augenblick allein zu
sein. Er trat an den Kaminsims, lehnte die Stirn

baran und verſuchte das Klopfen ſeines Herzens zu
beſchwichtigen.

Die Thür öffnete ſich. Er wußte, daß Molly
daſtand, ehe er ſie noch mit dem Ausbruck des Er=
ſtaunens ſagen hörte:

„Papa!"

„Still!" ſagte er, ſich raſch herumbrehend;
„mache die Thür zu. Komm hieher."

Sie näherte ſich ihm und war höchſt geſpannt,
zu erfahren, was geſchehen ſei. Zunächſt dachte ſie
an die Hamleys.

„Handelt es ſich um Osborne?" fragte ſie
athemlos.

Wäre Mr. Gibſon nicht viel zu aufgeregt ge=
weſen, um ruhig urtheilen zu können, ſo hätte er
ſchon aus dieſen wenigen Worten Troſt zu ſchöpfen
vermocht.

Anſtatt aber aus Nebenumſtänden Troſt zu ziehen
zu ſuchen, ſagte er:

„Molly, was muß ich hören! Du haſt heimli=
chen Verkehr mit Mr. Preſton unterhalten, Du haſt
Zuſammenkünfte mit ihm an einſamen Orten ge=
habt und auf verſtohlene Weiſe Briefe mit ihm ge=
wechſelt. Iſt das wahr?"

Obſchon er gegen Miß Browning erklärt, er
glaube alles dies nicht, und obſchon er es in ſeinem
innerſten Herzen auch wirklich nicht glaubte, ſo war
ſeine Stimme doch hart und ſtreng, ſein Geſicht

bleich und entstellt, und sein Auge mit furchtbar
forschendem Ausbruck auf das Molly's geheftet.

Molly zitterte an allen Gliedern, aber sie ver=
suchte nicht, seinem durchbringenden Blick auszu=
weichen. Wenn sie einen Augenblick schwieg, so
geschah es, weil sie ihr Verhältniß zu Cynthia in
dieser Angelegenheit rasch überdachte.

Diese Pause dauerte nur, wie gesagt, einen
Augenblick; Mr Gibson aber, der erwartet hatte,
daß seine Tochter die von ihm ausgesprochene Be=
schuldigung entrüstet in Abrede stellen würde, fand
die Zeit schon lang. Er hatte Molly, als sie sich
ihm genähert, dicht über den Handgelenken an bei=
den Armen gefaßt. Er wußte dies selbst nicht; so
aber, wie seine Ungeduld höher stieg, drückte er
immer fester und fester, bis Molly unwillkürlich
ein leichter Ausruf des Schmerzes entschlüpfte.

Nun ließ er sie gehen, und sie betrachtete ihre
weiche, fast wund gedrückte Haut, während bei dem
Gedanken, daß er, ihr Vater, ihr so wehe gethan,
ihr die Thränen in die Augen traten. In diesem
Augenblick erschien es ihr seltsamer, daß er seinem
Kinde körperlichen Schmerz zugefügt, als daß er
die Wahrheit, wenn auch in übertriebener Form,
hören wollte. Mit kindischer Geberde hielt sie ihm
den Arm hin; wenn sie aber Mitleid erwartet hatte,
so fand sie doch keins.

„Ach was da, was da!" sagte er, einen flüch=
tigen Blick auf die rothe Spur werfend; „das hat

11*

weiter nichts zu sagen. Jetzt beantworte meine Frage: Hast Du mit jenem Mann heimliche Zu=sammenkünfte gehabt?"

„Ja, Papa, das ist wahr; aber ich glaube nicht, daß es etwas Unrechtes gewesen ist."

Mr. Gibson setzte sich.

„Nichts Unrechtes?" wiederholte er in bitterem Tone. „Nichts Unrechtes? Nun, ich muß mich wohl darein fügen, es zu tragen. Deine Mutter ist todt; das ist wenigstens ein Trost. Es ist also wahr? Und ich wollte es nicht glauben! Ich lachte im Stillen über die Leichtgläubigkeit der Leute, und nun finde ich, daß ich doch der Hintergangene bin."

„Papa, ich kann Dir nicht Alles sagen. Das Geheimniß ist nicht mein, sonst solltest Du es so=fort wissen. Ich versichere Dir, es wird Dir später selbst leid thun. Ich habe Dich noch nie hinter=gangen, nicht wahr, nie?" sagte Molly, indem sie eine seiner Hände zu fassen suchte.

Er hielt dieselben jedoch fest in den Taschen und die Augen unverwandt auf das Muster des Teppichs vor ihm geheftet.

„Papa," hob Molly in bittendem Tone wieder an, „habe ich Dich schon jemals hintergangen?"

„Wie kann ich das wissen? Diese Geschichte ist mir erst durch das Stadtgespräch zu Ohren ge=kommen. Wer weiß, was nächstens an den Tag kommt?"

„Durch das Stabtgespräch!" wiederholte Molly erschrocken. „Was hat dieses damit zu schaffen?"

„Du scheinst noch nicht zu wissen, daß hier in unserm Orte es Jeder sich zur Aufgabe macht, den Namen eines Mädchens, welches die einfachsten Gebote der Bescheidenheit und des Anstandes aus den Augen gesetzt hat, mit Schmutz zu bewerfen."

„Papa, Du bist sehr hart. Ich hätte die Gebote der Bescheidenheit und des Anstandes aus den Augen gesetzt! Ich will Dir genau sagen, was ich gethan habe. Ich traf Mr. Preston einmal an jenem Abend, wo Du mich in Deinem Wagen ein Stück mitgenommen hattest und ich dann zu Fuße wieder nach Hause ging; es war aber auch noch eine dritte Person dabei. Das zweite Mal kam ich mit ihm vorher getroffener Abrede gemäß im Schloßpark zusammen. Dort war weiter Niemand dabei. Das ist Alles, Papa, was ich zu gestehen habe. Du mußt meinen Worten Glauben schenken. Eine weitere Erklärung kann ich Dir nicht geben."

Mr. Gibson ward durch diese Worte unwillkürlich milder gestimmt, denn der Ton, in welchem sie gesprochen wurden, war der Ausdruck der Wahrheit. Dennoch aber saß er einige Minuten lang stumm und regungslos da. Dann hob er zum ersten Male, seitdem sie die äußere Wahrheit dessen, was er ihr zur Last gelegt, anerkannt, seine Augen zu den ihrigen auf. Ihr Gesicht war sehr bleich, aber es trug den Ausdruck der Aufrichtigkeit des

Todes, wenn jede irdische Maske für immer in den Hintergrund tritt.

„Und wie steht es mit den Briefen?" fragte Mr. Gibson, aber fast, als ob er sich jeder ferneren Frage schämte.

„Ich habe Mr. Preston einen einzigen Brief zugestellt, einen Brief, der nicht ein einziges von mir geschriebenes Wort enthielt und überhaupt, wie ich glaube, weiter nicht als ein Couvert war, in welchem sich gar nichts Geschriebenes befand. Das Befördern dieses Briefes und die beiden von mir erwähnten Unterredungen sind der ganze heimliche Verkehr, in welchem ich mit Mr. Preston gestanden. O Papa, was hat man noch gesagt, daß Du so aufgeregt und außer Dir bist?"

„Das laß nur gut sein. Nach allgemein gültigen Begriffen ist das, was Du eingestandener Maßen gethan hast, Molly, schon Grund genug, Dich verdächtig erscheinen zu lassen. Du mußt mir aber Alles sagen. Ich muß in den Stand gesetzt sein, diese Gerüchte Punkt für Punkt zu widerlegen."

„Aber wie willst Du sie widerlegen, wenn Du sagst, daß die Wahrheit, die ich eingestanden, für die Leute schon Grund genug sei, mich zu verdächtigen?"

„Du sagst, Du hättest nicht für Dich selbst, sondern für eine andere Person gehandelt. Wenn Du mir sagst, wer diese andere Person war, wenn Du mir vollständig Alles sagst, so werde ich Alles, was in meinen Kräften steht, thun, um sie — denn natürlich errathe ich, daß es Cynthia ist — zu decken, während ich zugleich die Schuld von Dir abwälze."

„Nein, Papa," sagte Molly, nachdem sie eine Weile nachgedacht. „Ich habe Dir Alles gesagt, was ich sagen kann, Alles, was mich selbst betrifft, und ich habe versprochen, kein Wort weiter zu sagen."

„Dann leidet Dein guter Ruf. Dies ist eine nothwendige Folge, wenn Du über diese heimlichen Zusammenkünfte nicht die vollständigste Auskunft giebst. Ich hätte große Lust, Preston selbst in's Gebet zu nehmen und ihn zu zwingen, mir die ganze Wahrheit zu sagen."

„Papa, noch einmal bitte ich Dich, mir zu ver= trauen. Wenn Du Mr. Preston fragst, so wirst Du wahrscheinlich die ganze Wahrheit hören. Diese aber bin ich eben bemüht gewesen zu verbergen, denn es würden, wenn sie an den Tag käme, mehrere Personen dadurch tief bekümmert werden, und die ganze Sache ist nun vorbei und abgemacht."

„Aber nicht Dein Antheil daran. Miß Sally Browning ließ mich heute Abend rufen, um mir zu sagen, wie die Leute von Dir sprächen. Sie gab mir zu verstehen, daß Dein guter Name vollständig zu Grunde gerichtet sei. Du weißt nicht, Molly, wie wenig dazu gehört, um den guten Ruf eines Mädchens für ihre ganze Lebenszeit zu vernichten. Es ward mir schwer, Alles, was sie sagte, ruhig mit anzuhören, obschon ich kein Wort davon glaubte. Und nun hast Du mir gesagt, daß Vieles davon wahr sei!"

"Aber Du bist doch ein Mann von Muth, Papa; und Du glaubst mir, nicht wahr? Wir werden diese Gerüchte überleben; fürchte nichts."

"Du kennst nicht das Unheil, was durch böse Zungen angestiftet werden kann, Kind."

"O, nun Du mich wieder „Kind" genannt hast, bin ich auch wieder froh und vergnügt. Mein guter, lieber Papa, nach meiner Ueberzeugung ist es am allerbesten und klügsten, von diesem ganzen Gerede keine Notiz zu nehmen. Im Grunde genommen meinen es die Leute vielleicht gar nicht so bös. Daß Miß Browning es nicht thut, davon bin ich überzeugt. Nach und nach wird man sich selbst wundern, wie man wegen einer solchen Kleinigkeit so großes Aufhebens hat machen können, und selbst wenn dies nicht der Fall wäre, so wirst Du doch ganz gewiß nicht wollen, daß ich ein feierlich gegebenes Wort breche."

"Das würde ich allerdings nicht wünschen. Die Hauptschuld fällt auf die Person, welche Dein edles Herz gemißbraucht und Dich in diese mißliche Angelegenheit verwickelt hat. Du bist noch sehr jung und betrachtest diese Dinge als blos zeitweilige Uebel; mich aber hat die Erfahrung anders denken gelehrt."

"Aber dennoch sehe ich nicht ein, was ich jetzt

thun könnte, Papa. Es ist möglich, daß ich thöricht
gehandelt habe, aber was ich gethan, ist von mir
aus freiem Antriebe geschehen. Es hat mich Nie=
mand dazu genöthigt. Dennoch bin ich überzeugt,
daß ich mir in sittlicher Beziehung,. wenn ich auch
in Bezug auf das Urtheil gefehlt, nichts vorzuwerfen
habe. Jetzt ist aber, wie ich sagte, die ganze Sache
vorbei. Das, was ich gethan, hat zu meiner großen
Freude die Angelegenheit beendigt, und was ich ge=
than, geschah eben in dieser Absicht. Wenn die
Leute durchaus über mich reden wollen, so muß ich
mich darein fügen, und Du, lieber Papa, mußt dies
auch thun."

„Weiß Deine Mutter etwas davon?" fragte
Mr. Gibson, und man sah ihm an, daß neue Un=
ruhe in ihm erwachte.

„Nein, kein Wort, keine Silbe. Ich bitte Dich,
erwähne gegen sie nichts davon. Es könnte dies
zu größerem Unheil führen, als irgend etwas An=
deres. Ich habe Dir wirklich Alles gesagt, was
ich Dir sagen darf."

Es war für Mr. Gibson eine große Herzens=
erleichterung, zu finden, daß seine plötzliche Furcht,
seine Gattin stecke ebenfalls mit in dem Geheimniß,
unbegründet war. Es war ihm mit einem Male
eingefallen, daß sie, die er geheirathet, um eine
Schützerin und Führerin für seine Tochter zu haben,
vielleicht von diesem unerfreulichen Abenteuer mit
Mr. Preston Kenntniß gehabt, ja, noch mehr, daß

sie es vielleicht angestiftet, um ihre eigene Tochter
zu retten, denn daß Cynthia auf eine oder die an=
dere Weise die Hauptachse war, um welche dieser
ganze Vorgang sich drehte, daran zweifelte er nicht
im mindesten. ·Nach dem aber, was er hörte, hatte
Mistreß Gibson keine verrätherische Rolle gespielt.
Dies war der ganze Trost, den er aus Molly's ge=
heimnißvoller Andeutung schöpfen konnte, und, er
errieth, daß erst recht viel Unheil entstehen könne,
wenn Mistreß Gibson etwas von diesen Zusammen=
künften mit Mr. Preston erführe.

„Was ist aber dann zu thun?" fragte er. „Diese
Gerüchte sind einmal im Umlauf, soll ich denn gar
nichts thun, um denselben zu widersprechen? Soll
ich lächelnd und zufrieden in der Stadt umhergehen,
während man dieses Gerede über Dich von Haus
zu Haus trägt?"

„Ich fürchte, es wird dies geschehen müssen. Es
thut mir sehr leid, denn es war nicht meine Absicht,
etwas davon zu Deiner Kenntniß kommen zu lassen,
und ich sehe ein, wie es Dich bekümmern muß.
Wenn aber nichts weiter geschieht und das Geschehene
ohne Folgen bleibt, so wird die Neugier, ebenso
wie das Geklatsch, allmählich in den Hintergrund
treten. Ich weiß, daß Du jedes Wort, was ich
gesagt habe, glaubst und mir Vertrauen schenkst.
Ich bitte Dich, ertrage um meinetwillen diesen Uebel=
stand noch eine kleine Weile."

„Es wird aber meine Geduld auf eine harte Probe stellen, Molly," sagte Mr. Gibson.

„Beherrsche Dich mir zu Liebe, Papa."

„Ich sehe nicht ein, daß ich etwas Anderes thun könnte," entgegnete er etwas mürrisch. „Es müßte denn sein, daß ich Preston erwischte."

„Das wäre das Allerschlimmste und würde erst rechten Anlaß zu Gerede geben. Im Grunde genommen ist er vielleicht nicht einmal so sehr zu tadeln. Doch nein, er hat wirklich sehr tadelnswerth gehandelt; nur gegen mich hat er sich gut benommen," sagte sie, indem ihr plötzlich die Worte einfielen, welche Mr. Preston gesprochen, als Mr. Sheepshank sie beide im Schloßparke traf. „Bleiben Sie," hatte er gesagt, „Sie haben ja nichts gethan, dessen sie sich zu schämen brauchten."

„Du hast gewissermaßen recht," hob Mr. Gibson wieder an. „Ein Wortwechsel zwischen Männern, wobei der Name eines Mädchens mit zur Sprache kommt, ist um jeden Preis zu vermeiden. Früher oder später aber muß ich die Sache doch mit Preston erledigen. Er soll es nicht so angenehm finden, meine Tochter in ein zweideutiges Licht gestellt zu haben!"

„Das hat er nicht gethan," antwortete Molly. „Er wußte nicht, daß ich kommen würde; er hatte mich weder das eine, noch das andere Mal erwartet und würde auch den Brief, den ich ihm gab, nicht angenommen haben, wenn er anders gekonnt hätte."

„Das klingt Alles sehr geheimnißvoll, und es ist mir sehr unangenehm, Dich in Geheimnisse ver= wickelt zu sehen."

„Es kann Dir nicht unangenehmer sein, als es mir selbst ist. Was kann ich aber thun? Ich kenne auch noch ein Geheimniß, wovon ich ebenfalls nicht sprechen darf. Ich kann nicht dafür."

„Nun, ich kann weiter nichts sagen, als: Sei, wenn Du es vermeiden kannst, nie die Heldin eines Geheimnisses. Dann muß ich also wohl Deinen Wünschen nachgeben und dieses Gerücht sich allmählich verlaufen lassen, ohne Notiz davon zu nehmen."

„Was könntest Du unter den obwaltenden Um= ständen auch weiter thun?"

„Ja, was könnte ich weiter thun? Wie wirst Du es ertragen?"

Einen Augenblick lang traten Molly die heißen Thränen in die Augen. Der Gedanke, daß alle Welt Schlimmes von ihr dächte, war für sie ein qualvoller. Dennoch lächelte sie, indem sie ant= wortete:

„Es ist, wie wenn man sich einen Zahn aus= nehmen läßt, es ist bald vorüber. Viel schlimmer wäre es, wenn ich wirklich etwas Unrechtes gethan hätte."

„Cynthia mag sich nur in Acht nehmen," hob Mr. Gibson wieder an, Molly hielt ihm aber die Hand vor den Mund.

„Papa,“ sagte sie, „auch gegen Cynthia darfst
Du keine Beschuldigung und keinen Argwohn aussprechen. Du würdest sie, wenn Du dies thätest,
aus dem Hause treiben. Sie ist so stolz, und hat
keinen andern Beschützer als Dich und Roger —
um Roger's willen wirst Du nichts sagen oder thun,
was Cynthia von hier vertriebe. Er hat sie uns an-
vertraut, damit wir ihr in seiner Abwesenheit Für-
sorge und Liebe schenken. O ich glaube, selbst wenn
sie wirklich gottlos wäre und ich sie gar nicht liebte,
würde ich mich gleichwohl verpflichtet fühlen, über
sie zu wachen, denn er liebt sie so innig. Sie hat
aber wirklich ein gutes Herz, und ich hänge ebenfalls mit großer Liebe an ihr. Du darfst also Cynthia nicht beunruhigen oder verletzen, Papa. Be-
denke, daß sie von Dir abhängig ist.“

„Ich glaube, es wäre doch wohl besser auf der
Welt, wenn es keine Frauen gäbe. Sie verleiden
Einem das ganze Leben. Ueber diesem ganzen Han-
del habe ich vergessen, daß ich schon vor einer
Stunde zu dem alten Job Houghton kommen sollte.“

Molly bot ihrem Vater den Mund zum Kusse
und sagte:

„Nicht wahr, Du bist mir nicht mehr bös, Papa?“

„Halte mich nicht auf,“ antwortete er, indem er
sie küßte. „Wenn ich Dir auch nicht bös bin, so
sollte ich es doch eigentlich sein, denn Du hast eine
Menge Unannehmlichkeiten veranlaßt, die noch eine
Weile andauern werden, das versichere ich Dir.“

Trotzdem, daß Molly sich während dieser Unter=
redung so muthig gestellt, hatte sie doch dabei mehr
gelitten als ihr Vater, und hatte auch in der näch=
sten Zukunft noch mehr zu leiden als er. Dieser
ging den Klätschereien aus dem Wege, sie aber kam
mit der kleinen Gesellschaft des Ortes in fortwäh=
rende Berührung.

Mistreß Gibson hatte einen bösen Schnupfen
und fühlte sich ohnedies nicht versucht, sich bei den
etwas altmodischen Visiten zu betheiligen, welche
gerade um diese Zeit durch den Umstand veranlaßt
wurden, daß Mistreß Dawes zwei Nichten zu Be=
such hatte, welche lachten, schwatzten, aßen und
tranken und gern mit Mr. Ashton, dem Vicar,
coquettirt hätten, wenn nur die entfernteste Möglich=
keit vorhanden gewesen wäre, ihm begreiflich zu
machen, was sie eigentlich beabsichtigten.

Mr. Preston nahm die Einladungen zu den
Theegesellschaften von Hollingford nicht mit dem=
selben Eifer und derselben Dankbarkeit an, wie er
das Jahr vorher gethan, denn sonst würde die
Wolke, welche über Molly schwebte, nicht auch ihn
verdunkelt haben, ihren Mitschuldigen an den heim=
lichen Zusammenkünften, welche der weiblichen Tu=
gend des Städtchens so großen Anstoß gegeben
hatten.

Molly selbst ward eingeladen, weil man nicht
wagen konnte, ihr einen Beweis von Geringschätzung
oder Mißachtung zu geben, der auch auf ihre El=

tern zurückgefallen wäre; gleichwohl aber schien man sich unter der Hand das Wort gegeben zu haben, sie nicht mehr so zu empfangen wie früher. Alle waren höflich gegen sie, Niemand aber herzlich. Es war in dem Benehmen, welches man gegen sie beobachtete, gleichsam ein Nebel vorhanden, der keine bestimmten Umrisse darbot.

Molly fühlte trotz ihres reinen Gewissens und muthigen Herzens auch selbst sehr wohl, daß sie nur geduldet ward, aber nicht willkommen war. Sie verstand zur Hälfte das Geflüster der beiden Misses Oakes, welche, als sie die Heldin der umlaufenden Skandalgeschichten zum ersten Mal in Gesellschaft trafen, sie von der Seite ansahen und ihre äußere Erscheinung in ziemlich vernehmlicher Weise kritisirten.

Molly war im Stillen dem Himmel dankbar, daß ihr Vater jetzt nicht sonderlich aufgelegt war, viel in Gesellschaft zu gehen, und freute sich gewissermaßen, daß ihre Stiefmutter durch ihre öftere Kränklichkeit genöthigt ward, ebenfalls größtentheils zu Hause zu bleiben. Beide hatten auf diese Weise keine Gelegenheit, mit eigenen Augen zu sehen, wie geringschätzend man jetzt ihrer Tochter zu begegnen pflegte. Selbst die ältere Miß Browning, diese treue alte Freundin, beobachtete, wenn sie mit ihr sprach, einen hohen Grad von eisiger, würdevoller Zurückhaltung, denn sie hatte seit dem Abend, wo sie sich die für sie selbst so schmerzliche Aufgabe

geſtellt, Mr. Gibſon von ben über ſeine Tochter um=
laufenben Gerüchten in Kenntniß zu ſetzen, kein
Wort wieder von ihm gehört.

Nur Miß Phöbe pflegte Molly jetzt mit noch
mehr als ihrer früheren Zärtlichkeit aufzuſuchen,
unb Molly's Gemüthsruhe warb baburch auf eine
härtere Probe geſtellt, als burch bie Zurückſetzung,
bie ſie von allen Anberen zuſammengenommen zu
ertragen hatte. Die weiche Hanb, welche bie ihrige
unter bem Tiſche brückte, bie fortwährenb an ſie
gerichteten Fragen, ſo baß ſie nothwenbig an ber
Converſation Theil nehmen mußte, rührten Molly
ſo, baß ſie oft nahe baran war, in Thränen aus=
zubrechen.

Zuweilen fragte ſich bas arme Mäbchen im
Stillen, ob bieſe Veränberung in bem Benehmen
ihrer Bekannten nicht bloße Einbilbung von ihr
ſei, unb ob ſie, wenn ſie jene Unterrebung mit
ihrem Vater nicht gehabt, bieſen Unterſchieb viel=
leicht gar nicht bemerkt hätte.

Ihrem Vater ſagte ſie nie etwas bavon, wie
ſchwer ihr bieſe fortwährenben kleinen Zurückſetzun=
gen zu ertragen waren. Sie hatte bie Laſt frei=
willig auf ſich genommen, ja, ſie hatte ſogar burch=
aus verlangt, baß man ihr bies geſtatte, unb es
kam ihr baher auch nicht zu, ihrem Vater baburch
Kummer zu bereiten, baß ſie über bie Folgen ihres
eigenen Hanbelns gemurrt hätte. Deshalb ſuchte
ſie auch nie nach einem Vorwanb, um bie an ſie

ergehenden Einladungen zu kleinen Lustbarkeiten
und Gesellschaften abzulehnen.

Nur einmal warf sie diesen sich selbst auferleg=
ten Zwang ab, als ihr eines Abends ihr Vater
sagte, Mamas Husten mache ihn wirklich besorgt,
und es würde ihm lieb sein, wenn Molly auf die
Gesellschaft bei Mistreß Goodenough, zu welcher sie
alle Drei eingeladen waren, und die Molly allein
besuchen wollte, verzichtete. Molly's Herz hüpfte
vor Freuden bei dem Gedanken, zu Hause bleiben
zu können, obgleich sie sich schon im nächsten Augen=
blick Vorwürfe machte, daß sie sich über etwas
freute, was nur durch die Leiden einer andern
Person erkauft ward. Indessen die von Mr. Gib=
son verschriebenen Mittel thaten gute Wirkung, und
die Patientin erwies sich gegen Molly ganz beson=
ders dankbar und freundlich.

„In der That, Schätzchen," sagte sie, indem sie
Molly streichelte, „ich glaube, Dein Haar wird jetzt
weicher; es greift sich nicht mehr so unangenehm
hart und kraus an."

Molly wußte nun, daß ihre Stiefmutter jetzt
auf ganz guter Laune war. Die Bemerkungen über
die glatte oder lockige Beschaffenheit ihres Haares
waren ein sicherer Maßstab der Gunst, in welcher
sie augenblicklich bei ihrer Stiefmama stand.

„Es thut mir sehr leid, daß ich die Ursache bin,
wegen welcher Du von jener kleinen Gesellschaft
weggeblieben bist," sagte Mistreß Gibson. „Der

gute Papa ist aber gar so besorgt um mich. Die
Männer haben mich von jeher verwöhnt, und mein
armer Kirkpatrick wußte nicht, wie er mich genug
hätscheln sollte. Ich glaube aber, Dein Papa geht
hierin noch weiter. Seine letzten Worte, als er
fortging, waren: „Nimm Dich ja in Acht, Hyacinthe,"
— und dann kam er noch einmal zurück, um mir
zu sagen: „Wenn Du meine Anordnungen nicht be=
folgst, so stehe ich nicht für die Folgen." — Ich
drohte ihm mit dem Finger und antwortete: „Sei
doch nicht so ängstlich, Du wunderlicher Mann."

„Ich hoffe, daß wir Alles gethan haben, was er
uns geheißen hat," sagte Molly.

„Ja wohl, ich fühle mich jetzt weit besser. Weißt
Du, so spät es auch schon ist, so glaube ich doch, Du
könntest noch zu Mistreß Goodenough gehen. Marie
könnte Dich hinführen, und ich möchte Dich gern
geputzt sehen. Wenn man fast vierzehn Tage lang
blos dunkelfarbige warme Kleider getragen hat, so
bekommt man eine förmliche Sehnsucht nach bun=
ten Farben und dem Anblick einer hübschen Abend=
toilette. Mache Dich daher fertig, Schätzchen, und
gehe; vielleicht bringst Du mir einige Neuigkeiten
mit, denn da ich in der letzten Zeit keine Gesell=
schaft weiter gehabt habe als Deinen Papa und
Dich, so bin ich ganz verstimmt und melancholisch
geworden. Uebrigens kann ich es auch nicht über
mich gewinnen, junge Leute von den Vergnügun=
gen abzuhalten, die ihrem Alter angemessen sind."

„Ach, bitte, Mama! Ich möchte lieber nicht gehen."

„Nun gut, sehr schön, so bleibe da. Nach meiner Ansicht ist es aber ein wenig egoistisch von Dir, denn Du siehst, wie bereitwillig ich bin, um Dei= netwillen ein Opfer zu bringen."

„Dann wäre es also doch ein Opfer für Dich. Weshalb sollst Du aber ein solches bringen, da ich gar nicht einmal Lust habe, zu gehen."

„Nun gut. Sagte ich nicht auch, daß Du zu Hause bleiben könntest? Nur thue mir den Ge= fallen, keine pedantischen Schlußfolgerungen zu ziehen. Für einen Kranken giebt es nichts, was ermüdender wäre."

Beide schwiegen nun eine Weile. Mistreß Gib= son brach endlich das Schweigen, indem sie in mat= tem Tone sagte:

„Nun, weißt Du gar nichts Amüsantes zu sa= gen, Molly?"

Molly pumpte aus den Tiefen ihres Gemüths einige beinahe vergessene Trivialitäten herauf, fühlte aber, daß dieselben nichts weniger als amüsant wa= ren, und Mistreß Gibson schien derselben Ansicht zu sein, denn es dauerte nicht lange, so sagte sie:

„Ich wollte, Cynthia wäre wieder da."

Molly betrachtete dies als einen Vorwurf für ihre eigene Langweiligkeit und fragte:

„Soll ich an sie schreiben und sie bitten, bald zurück zu kommen?"

12*

„Ich weiß es selbst nicht recht. Ich möchte über mancherlei Dinge Auskunft haben. Hast Du in der letzten Zeit nichts von dem armen guten Osborne Hamley gehört?"

Die Mahnung ihres Vaters, nichts von Osborne's Gesundheit zu sprechen, beherzigend, gab Molly keine Antwort. Auch war eine solche nicht nöthig, denn Mistreß Gibson fuhr fort laut zu denken:

„Wenn Mr. Henderson gegen Cynthia eben so aufmerksam gewesen ist, wie er im Frühjahr war, so — Mit Roger ist es eine sehr unsichere Sache. Es sollte mir sehr leid thun, wenn dem jungen Mann — so unbeholfen und tölpisch er auch ist — etwas zustieße. Freilich läßt sich nicht leugnen, daß Afrika nicht blos ein ungesundes, sondern auch ein barbarisches und hier und da sogar cannibalisches Land ist. Oft, wenn ich des Nachts nicht schlafen kann, denke ich an Alles, was ich in geographischen Werken über Afrika gelesen habe, und wenn Mr. Henderson nun wirklich Neigung zu Cynthia faßte! Die Weisheit des Unendlichen hat uns die Zukunft verhüllt, Molly, aber ich möchte dieselbe gern kennen. Man könnte sein Benehmen in der Gegenwart weit besser berechnen, wenn man wüßte, welche Ereignisse bevorstehen. Ich glaube indessen, wir thun besser, wenn wir Cynthia nicht beunruhigen. Wären wir zeitig genug unterrichtet gewesen, so hätte sie mit Lord Cumnor und Mylady die Rückreise hieher machen können."

„Kommen diese so bald?" fragte Molly. „Ist Lady Cumnor schon wieder wohl genug, um reisen zu können?"

„Ja wohl, sonst würde ich doch nicht überlegt haben, ob Cynthia mit ihnen kommen könnte oder nicht. Es würde sehr gut geklungen und meiner Cynthia unter dieser Juristengesellschaft einen gewissen Nimbus verliehen haben, wenn sie hätte sagen können: Ich reise mit Lord und Lady Cumnor."

„Dann geht es also mit Lady Cumnor besser?" fragte Molly.

„Ja wohl; ich glaubte, Papa hätte etwas davon gegen Dich erwähnt; freilich aber, er vermeidet stets mit großer Gewissenhaftigkeit, von seinen Patienten zu sprechen. Er thut auch recht daran, und es ist dies ein Beweis von großem Zartgefühl. Selbst mir sagt er nie, was seine Kranken machen. Ja, sie kommen Alle" — fuhr Mistreß Gibson fort, „Mylord und Mylady, Lady Harriet, Lord und Lady Curhaven und auch Lady Agnes, und ich habe mir schon einen neuen Winterhut und einen schwarzen Atlasmantel bestellt."

Neuntes Kapitel.

Molly Gibson findet einen Kämpen.

Lady Cumnor hatte sich von der Heftigkeit ihres Anfalls und der an ihr bewirkten Operation wie= der so weit erholt, daß sie um des Luftwechsels willen nach Cumnor Towers transportirt werden konnte. Es geschah dies unter Begleitung ihrer ganzen Familie und all' dem Pomp und Staat, der einer kranken Aristokratin gebührte.

Es war daher auch die Wahrscheinlichkeit vor= handen, daß die Familie diesmal einen längeren Aufenthalt im Schlosse nehmen würde, als sie seit mehreren Jahren gethan, während welcher Zeit sie bald hier, bald da umher gewandert war, um Ge= sundheit zu suchen.

Abgesehen hiervon war es auch sehr angenehm und ruheverheißend, wieder einmal in dem alten Ahnensitze zu verweilen, und jedes Mitglied der Familie amüsirte sich nach seiner Weise, ganz be=

ſonders Lord Cumnor. Sein Hang zum Schwatzen
und ſich um Alles zu bekümmern, hatte in der Haſt
und in dem Treiben des Londoner Lebens keinen
ſonderlich weiten Spielraum gefunden. Noch we=
niger war dies bei ſeinem Verweilen auf dem Con=
tinent der Fall geweſen, denn er ſprach das Fran=
zöſiſche weder fließend, noch verſtand er es ohne
Mühe.

Ueberdies war er ein großer Gutsbeſitzer. Er
wollte daher gern wiſſen, wie es mit ſeinem Grund
und Boden ſtünde und wie ſeine Pächter ſich be=
fänden. Er hörte gern, wo die Familie ſich ver=
mehrt, wo Heirathen oder Todesfälle ſtattgefunden
hatten, und beſaß in Bezug auf Geſichter ein wahr=
haft königliches Gedächtniß. Kurz, wenn jemals
ein Ariſtokrat ein altes Weib war, ſo war Lord
Cumnor dieſer Ariſtokrat; aber er war ein ſehr
gutmüthiges altes Weib und ritt auf ſeinem dicken
alten Gaul herum mit den Taſchen voll halber
Pence für die Kinder und kleinen Düten Schnupf=
tabak für die alten Leute. Dabei trank er auch,
gerade wie ein altes Weib, gern des Nachmittags
eine Taſſe Thee im Zimmer ſeiner Gemahlin und
pflegte bei dieſer Gelegenheit Alles zu erzählen, was
er den Tag über erfahren hatte.

Lady Cumnor befand ſich jetzt gerade in dem
Stadium der Geneſung, wo ein ſolches Geplauder
wie das ihres Gatten ihr außerordentlich angenehm
war. Dennoch hatte ſie die Gewohnheit, auf Plau=

bereien zu hören, ihr ganzes Leben lang so ver=
achtet, daß sie es der Consequenz schuldig zu sein
glaubte, erst zuzuhören und dann stolzen Protest
gegen das Gehörte einzulegen.

Es war allmählich Familiengewohnheit geworden,
daß sämmtliche Mitglieder nach ihrer Rückkehr von
ihren täglichen Spaziergängen, Ritten oder Fahrten
sich in Lady Cumnor's Zimmer versammelten, dort
am Kamin ihren Thee schlürften und dabei die
Neuigkeiten zum Besten gaben, welche sie während
des Morgens gehört.

Hatten sie dann Alles mitgetheilt, so bekamen
sie stets von Mylady eine kurze Predigt über schon
oft behandelte Themata zu hören, indem sie die
Armseligkeit einer Conversation über Personen, oder
die wahrscheinliche Unrichtigkeit aller aufgetischten
Neuigkeiten zum Gegenstand nahm.

An einem dieser Novemberabende waren aber=
mals Alle in Lady Cumnor's Zimmer versammelt.
Sie lag — weiß drapirt und mit einem indischen
Shawl zugedeckt — auf einem Sopha in der Nähe
des Kaminfeuers, und Lady Harriet saß auf dem
Kaminteppich dicht vor dem Holzfeuer, pickte her=
ausgefallene Kohlen mit einer kleinen Zange auf
und warf sie zurück auf den rothen duftenden Hau=
fen in der Mitte des Herdes.

Lady Curhaven, die sich von Kindheit an durch
Thätigkeitstrieb ausgezeichnet, strickte Fruchtnetze
für das Spalierobst an den Mauern des Parks von

Curhaven. Lady Cumnor's Kammerfrau versuchte beim Schein eines einzigen kleinen Wachslichts — denn Lady Cumnor's schwache Augen konnten nicht viel Licht vertragen — den Thee einzugießen, und die großen entlaubten Aeste der Bäume draußen schlugen, von dem immer stärker werdenden Winde bewegt, gegen die Fenster.

Es war stets Lady Cumnor's Gewohnheit, die Personen, welche sie am liebsten hatte, kurz zu behandeln. Am meisten that sie dies mit ihrem Gatten, dennoch aber vermißte sie ihn jetzt, weil er länger ausblieb als gewöhnlich, und sie erklärte, sie habe keinen Appetit zum Thee. Alle aber wußten recht wohl, daß sie blos deshalb keinen Thee trinken wollte, weil Mylord nicht da war, um ihr denselben reichen und sich von ihr tadeln lassen zu können, denn er merkte sich nie, daß sie erst den Zucker in die Tasse warf, ehe sie die Sahne zugoß.

Endlich kam er.

„Ich bitte tausendmal um Entschuldigung," rief er. „Ich habe mich ein wenig verspätet. Hast Du Deinen Thee noch nicht?" fuhr er fort und beeilte sich, die Tasse herbeizuholen.

„Vergiß nicht, daß ich nie eher Sahne nehme, als bis ich den Thee gesüßt habe," sagte sie, indem sie das „nie" stärker als gewöhnlich betonte.

„Ja wohl; Du hast es mir schon oft gesagt, und ich sollte es nun eigentlich wissen. Ich begegnete aber dem alten Sheepshank, und das ist der Grund."

„Davon, daß Du mir die Sahne eher präsen=
tirst als den Zucker?" fragte seine Gemahlin. Es
war dies einer ihrer grausamen Scherze.

„O nein! Ha ha ha! Es scheint heute Abend
mit Dir weit besser zu gehen. Doch, wie ich eben
sagte, Sheepshank ist ein ewiger Schwätzer, von
dem man nie loskommen kann. Ich hatte keine
Idee, daß es schon so spät sei."

„Nun, ich glaube, das Wenigste, was Du thun
kannst, ist, daß Du uns, nachdem Du Dich endlich
von Mr. Sheepshank losgerissen hast, etwas von
dem mittheilst, was Du von ihm gehört hast."

„Er schwatzt ungeheuer viel und weiß immer
noch etwas Neues zu erzählen. Preston zum Bei=
spiel ist bei Weitem nicht so redselig. A propos,
er sprach auch von Preston. Er glaubte, der=
selbe werde sich nächstens verheirathen, und sagte,
es würde viel von ihm und Gibson's Tochter
gesprochen. Man hat sie beisammen im Parke
getroffen; sie haben Briefe gewechselt und sonst
noch allerlei gethan, was wahrscheinlich mit einer
Heirath endet."

„Das thut mir sehr leid," sagte Lady Harriet.
„Dieses Mädchen hat mir von jeher gefallen, wäh=
rend ich Papas Muster=Inspector nie habe leiden
können."

„Wahrscheinlich ist es gar nicht wahr," sagte
Lady Cumnor in einem sehr hörbaren Beiseite zu
Lady Harriet. „Papa schnappt in der Regel den

einen Tag Geschichten auf, um sie den nächsten wi=
derrufen zu können."

„Diese Geschichte klang mir aber doch wie Wahr=
heit," bemerkte Mylord, „Sheephank sagte mir,
sämmtliche alte Damen in der Stadt hätten sich
der Sache bemächtigt und machten keinen kleinen
Skandal darüber."

„Mir scheint die Sache zwar nicht recht in Ord=
nung zu sein; ich kann mir aber nicht denken, daß
Clara dergleichen Vorgänge ruhig mit ansehen sollte,"
bemerkte Lady Curhaven.

„Ich meinerseits halte es für weit wahrschein=
licher, daß Clara's eigene Tochter, die hübsche durch=
triebene Miß Kirkpatrick, die eigentliche Heldin dieser
Geschichte sei," sagte Lady Harriet. „Miß Cyn=
thia sieht stets aus wie die Heldin eines feinen
Lustspiels, und dergleichen junge Damen besitzen
im Einleiten unschuldiger Intriguen eine bedeutende
Gewandtheit. Die kleine Molly Gibson dagegen
kommt mir viel zu linkisch vor, als daß sie zu heim=
lichen Praktiken Geschick haben sollte. Abgesehen
davon ist sie auch die personificirte Wahrheit.
Weißt Du auch ganz bestimmt, Papa, daß Mr.
Sheephank sagte, Miß Gibson sei es gewesen,
die Anlaß zu den Skandalgeschichten in Hollingforb
gegeben? War es nicht vielmehr Miß Kirkpatrick?
Die Idee eines Liebeshandels zwischen ihr und
Mr. Preston wäre mit dem Charakter und sonsti=
gen Eigenschaften dieser beiden Persönlichkeiten

durchaus nicht unvereinbar, und dieselben passen recht wohl für einander. Handelt es sich aber wirk= lich um meine kleine Freundin Molly, so gehe ich in die Kirche und erhebe Einspruch."

„In der That, Harriet, ich kann nicht begreifen, was Dich veranlaßt, Dich fortwährend in solcher Weise für alle diese kleinlichen Angelegenheiten von Hollingford zu interessiren."

„Es ist das nicht mehr als recht und billig, Mama. Diese Leute interessiren sich ja auch für das, was wir sagen und thun, auf das lebhafteste. Wenn ich im Begriff stünde, mich zu verheirathen, so würden sie auch jeden möglichen Umstand zu wissen verlangen — wann ich meinen Bräutigam und wo ich ihn zuerst kennen gelernt; was wir zu einander gesagt, und ob er mir seinen Antrag münd= lich oder schriftlich gemacht. Ich gestehe, daß ich ganz der Ansicht bin wie Papa und mir sehr gern alle Localneuigkeiten erzählen lasse."

„Besonders wenn dabei allerhand pikante Skan= dalgeschichten in Frage kommen, wie es hier der Fall zu sein scheint," sagte Lady Cumnor mit der kränk= lichen Personen eigenen Bitterkeit.

Lady Harriet ward roth vor Aerger, faßte aber Muth und sagte in ernsterem Tone als zuvor:

„Diese Geschichte von Molly Gibson interessirt mich wirklich; ich liebe und achte dieses Mädchen, und ich höre ihren Namen nur ungern mit dem Mr. Preston's zusammen nennen. Ich kann nicht

umhin, zu glauben, baß Papa nicht recht ge=
hört hat."

„Nein, mein Kind," entgegnete Mylorb, „ich
habe blos wiedererzählt, was man mir gesagt.
Es thut mir leib, wenn es etwas ist, was Dich ober
Mama unangenehm berührt. Sheepshank sprach
aber ganz bestimmt und sicher von Miß Gibson
und setzte noch hinzu, es sei schabe, baß er das
Mäbchen so in's Gerebe gebracht, benn nur die
Art und Weise, auf welche bieser Liebeshandel be=
trieben worden, habe Anlaß zu all' ben tabelnben
Bemerkungen gegeben, bie man jetzt mit Recht über
sie mache. Preston an und für sich sei ein ganz
passenber Mann für sie, und Niemanb könne bage=
gen etwas einwenben. — Ich habe jeboch auch noch
einige angenehme Neuigkeiten mitzutheilen. Die
alte Margery ist gestorben; man weiß Niemanben zu
finben, ber in Deiner Schule Unterricht im Wäsche=
stärken übernehmen will, und Robert Hall hat ver=
gangenes Jahr mit seinen Aepfeln vierzig Pfunb
verbient."

Und somit kam man von Molly und ihren An=
gelegenheiten ab. Nur Laby Harriet überlegte bas,
was sie gehört, noch lange.

„Ich warnte sie am Tage der Vermählung ihres
Vaters vor biesem Preston," sagte sie bei sich selbst.
„Ich kann es auch noch gar nicht glauben. Es ist
eine ber Geschichten, wie sie der alte Sheepshank

schon so oft erzählt hat — zur Hälfte ersonnen und zur Hälfte nicht richtig gehört."

Am nächstfolgenden Tage schon ritt Lady Harriet nach Hollingford. Um ihre Neugier sofort und gründlich zu befriedigen, begab sie sich zunächst zu den Schwestern Browning und brachte die Sache zur Sprache.

„Was ist denn das für eine Geschichte, die man jetzt von meiner kleinen Freundin Molly Gibson und Mr. Preston erzählt?" begann sie.

„Ach Lady Harriet, haben Sie auch davon gehört? Es thut uns sehr leid."

„Was thut Ihnen leid?"

„Ich glaube, wir werden am besten thun, nicht eher etwas Weiteres zu sagen, als bis wir wissen, wie viel Ihnen bekannt ist," sagte Miß Sally.

„Nein, nein," entgegnete Lady Harriet lächelnd, „ich werde nicht eher sagen, was ich weiß, als bis ich die Ueberzeugung gewonnen habe, daß Sie mehr wissen. Dann können wir einen Tausch machen, wenn es Ihnen recht ist."

„Ich fürchte, für die arme Molly ist die Sache nicht zum Lachen," bemerkte die ältere Miß Browning, den Kopf schüttelnd. „Man erzählt sich sonderbare Dinge."

„Ich glaube dieselben aber nicht," rief Miß Phöbe halb weinend.

„Nun dann glaube ich sie auch nicht," sagte Lady Harriet, die Hand der guten Phöbe ergreifend.

„Es ist ganz schön von Dir, Phöbe, zu sagen, daß Du sie nicht glaubst," entgegnete Miß Sally, „aber ich möchte wissen, wer es war, der mich ge= gen meinen eigenen Willen überzeugte."

„Ich theilte Dir blos die Thatsachen mit, welche Mistreß Goodenough mir erzählte, Schwester. Hät= test Du aber wie ich die arme Molly in einem Winkel des Zimmers sitzen und in einem Buche blättern sehen, weil Niemand mit ihr sprach, so würdest Du anderer Meinung geworden sein. Mag daher auch Alles, was man über sie spricht, auf Thatsachen beruhen, so sage ich doch: ich glaube es nicht!"

„Ich bin, wie ich schon gesagt, ganz Ihrer Mei= nung," sagte Lady Harriet.

„Aber wie wollen Sie denn den Umstand er= klären, daß Molly an allerhand unschicklichen Orten unter freiem Himmel Zusammenkünfte mit Mr. Preston gehabt hat?" fragte Miß Sally Brow= ning, welcher wir die Gerechtigkeit widerfahren lassen müssen, zu sagen, daß sie sich sehr gern auf die Seite der Vertheidiger gestellt hätte, wenn dies zugleich mit ihrem Bestreben, stets logisch richtige Schlüsse zu ziehen, vereinbar gewesen wäre. „Ich ging sogar so weit, daß ich ihren Vater rufen ließ und ihm die ganze Geschichte erzählte," fuhr Miß Sally Browning fort. „Ich glaubte, er würde we= nigstens Mr. Preston tüchtig durchprügeln, aber er scheint gar keine Notiz davon genommen zu haben."

„Dann können wir als gewiß annehmen, daß er eine uns noch unbekannte Aufklärung über die Sache erhalten hat," erwiederte Lady Harriet in entschiedenem Tone. „Im Grunde genommen kann es ja vielleicht mehr als hundert vollkommen natür= liche und vollgültige Erklärungen geben.'"

„Als ich mit Mr. Gibson sprach, wußte er von so etwas noch nichts," bemerkte die ältere Miß Browning.

„Wie, wenn nun Mr. Preston mit Miß Kirk= patrick verlobt und Molly nur die Vertraute und Botin wäre?"

„Ich sehe aber nicht ein, daß durch diese Vor= aussetzung ein Grund zur Entschuldigung Molly's an die Hand gegeben würde. Wenn Mr. Preston in einem ehrenhaften Verhältniß zu=Cynthia Kirk= patrick steht, warum besucht er sie dann nicht frei und offen in dem Hause ihres Stiefvaters? Warum giebt Molly sich zu solchen heimlichen Geschichten her?"

„Na, Alles erklären kann man nicht," bemerkte Lady Harriet ein wenig ungeduldig, denn sie wußte auf diese letzte Bemerkung nichts Schlagendes zu entgegnen. „Ich habe zu Molly Gibson einmal Vertrauen. Ich bin sogar überzeugt, daß sie nichts Unrechtes gethan hat. Ich hätte große Lust, selbst zu ihr zu gehen. Ihre Stiefmutter leidet an der

Grippe und kann daher das Zimmer nicht verlassen. Ich würde daher Molly bitten, mich auf einigen Besuchen in diesem kleinen Klatschnest zu begleiten, aber heute habe ich keine Zeit dazu. Ich habe ver= sprochen, um drei Uhr mit meinem Papa zusammen= zutreffen, und so weit wird es gleich sein. Vergessen Sie aber nicht, Miß Phöbe, daß wir Zwei, Sie und ich, die Einzigen sind, welche für ein armes verleumdetes Mädchen gegen eine ganze Welt in die Schranken treten."

Mit diesen Worten sagte sie dem Schwesterpaar Lebewohl.

„Miß Phöbe und ich — Don Quixote und Sancho Pansa," sagte sie lächelnd bei sich selbst, indem sie leichtfüßig die altmodische Treppe hinab= eilte.

„Nach meiner Meinung ist das nicht hübsch von Dir, Phöbe," sagte Miß Sally in unzufriedenem Tone, sobald sie mit ihrer Schwester allein war. „Erst überzeugst Du mich gegen meinen Willen, und ich habe eine Menge unangenehme Dinge zu thun, blos weil Du mich glauben gemacht, daß gewisse Angaben wahr seien, und dann schlägst Du um und weinst und sagst, Du glaubtest kein Wort da= von, so daß ich im Lichte einer argen Verleumberin dastehe. Mache keinen Versuch, Dich zu rechtfertigen! Ich mag nichts hören!"

Und mit diesen Worten verließ sie die weinende Phöbe und schloß sich in ihr eigenes Zimmer ein.

Lady Harriet befand sich mittlerweile mit ihrem Vater auf dem Heimwege und ließ Allem, was er ihr vorschwatzte, anscheinend ein aufmerksames Ohr, obschon sie fortwährend alle Wahrscheinlichkeiten und Möglichkeiten überdachte, durch welche sich diese seltsamen Vorgänge zwischen Molly und Mr. Preston erklären ließen. „Parlez de l'âne et vous en verrez les oreilles," sagt ein französisches Sprichwort. An einer Biegung der Straße erblickten Lord Cumnor und seine Tochter plötzlich Mr. Preston, der, fein und elegant gekleidet, auf sie zugeritten kam.

Der Lord, der in seinem alten, fadenscheinigen Rock eben nicht wie der Gebieter aussah und auf seinem alten Braunen saß, rief sofort in heiterem Tone:

„Ah, da kommt Preston! Guten Tag. Eben wollte ich Sie wegen jenes Streifen Weidelands fragen, wovon wir schon neulich sprachen. John Brickbill will es umpflügen und besäen. Der Umfang beträgt aber kaum zwei Acker."

Während der Lord und sein Inspector sich über diesen Gegenstand besprachen, faßte Lady Harriet einen festen Entschluß, und sobald ihr Vater fertig war, sagte sie:

„Mr. Preston, vielleicht gestatten Sie mir, einige Fragen an Sie zu thun, um mir dadurch Aufklärung über gewisse Dinge zu verschaffen, die mir seit einigen Tagen im Kopfe herumgehen."

„Ja wohl, Lady Harriet," entgegnete Mr. Preston. „Ich werde mich nur glücklich schätzen, wenn ich Ihnen die gewünschte Aufklärung geben kann."

Er hatte jedoch kaum die höfliche Antwort aus= gesprochen, so fiel ihm ein, daß Molly erklärt hatte, sie werde die ganze Sache Lady Harriet mittheilen, wenn er sich ihrem Wunsche nicht füge. Cynthia's Briefe waren indessen jetzt zurückgegeben und damit die Angelegenheit erledigt. Molly hatte gesiegt, und da er der Besiegte war, so konnte er nicht glauben, daß Molly so unedel sein würde, ihm nun auch noch schaden zu wollen.

„Es werden in Hollingford in Bezug auf Miß Gibson und Sie, Mr. Preston, allerhand Geschichten erzählt," fuhr Lady Harriet fort. „Können wir Ihnen vielleicht zu Ihrer Verlobung mit dieser jungen Dame Glück wünschen?"

„Ah à propos, Preston, das hätten wir ja schon thun sollen," unterbrach sie Lord Cumnor in seiner hastigen gutmüthigen Weise.

Seine Tochter sagte aber in ruhigem Tone:

„Mr. Preston hat uns ja noch gar nicht gesagt, ob diese Gerüchte auch begründet sind, Papa."

Sie sah, indem sie dies sagte, Mr. Preston streng und mit einer Miene an, welche zu erkennen gab, daß sie nicht blos eine bestimmte, sondern auch eine vollkommen wahrheitsgemäße Antwort er= wartete.

„Leider bin ich nicht so glücklich," entgegnete er, indem er sich bemühte, sein Pferd unruhiger scheinen zu lassen.

„Dann kann ich diesem Gerücht also wider= sprechen?" fragte Lady Harriet rasch, „oder ist vielleicht Grund vorhanden, zu glauben, daß das, was jetzt gesprochen wird, später einmal zur Wahr= heit werde? Ich frage deshalb so bestimmt, weil dergleichen Gerüchte, wenn sie ungegründet sind, jungen Damen zum großen Nachtheil gereichen."

„Ja wohl, es werden andere Anbeter dadurch verscheucht," bemerkte Lord Cumnor und schien sich nicht wenig auf diese scharfsinnige Bemerkung ein= zubilden

Lady Harriet fuhr fort:

„Ich interessire mich sehr für Miß Gibson."

Mr. Preston sah, daß er nicht loskommen würde, ohne vollständige Auskunft gegeben zu haben, und die Frage war nur, wie viel oder wie wenig Lady Harriet wußte.

„Ich kann nicht erwarten oder hoffen, jemals zu Miß Gibson in einer andern Beziehung zu stehen, als gegenwärtig der Fall ist," erwiederte er. „Und wenn diese offene Antwort Sie, Mylady, Ihrer Zweifel enthebt, so soll es mir angenehm sein."

In dem Tone sowohl wie in der ganzen Art und Weise, womit Mr. Preston diese Worte sprach, lag gewissermaßen eine Andeutung, daß Lady Harriet eigentlich das Recht nicht habe, eine solche Frage, wie sie gethan, an ihn zu richten. Daburch aber warb Lady Harriet nur noch mehr gereizt, unb es lag nicht in ihrer Art, sich, zumal einem Unter= gebenen gegenüber, Zwang anzuthun.

„Dann also," sagte sie, „wissen Sie, welchen Nachtheil Sie dem guten Rufe einer jungen Dame zufügen, wenn Sie ihr auf einem einsamen Spazier= gange begegnen unb sie burch lange Conversationen aufhalten. Sie haben baburch Anlaß zu allen jenen Gerüchten gegeben, die —"

„Aber, liebe Harriet," mischte Lorb Cumnor sich ein, „gehst Du nicht zu weit? Du weißt ja nicht — Mr. Preston kann Absichten gehabt haben, auf= richtige Absichten —"

„Nein, Mylorb," sagte Mr. Preston. „In Be= zug auf Miß Gibson habe ich keine berartigen Ab= sichten. Sie kann eine sehr achtungswerthe junge Dame sein, unb ich zweifle auch gar nicht baran, baß sie bies wirklich ist, aber — Lady Harriet scheint sich vorgenommen zu haben, mich so in bie Enge zu treiben, baß ich etwas gestehen muß, was einem Manne gewiß nicht angenehm sein kann. Ich habe nämlich einen Korb bekommen unb zwar von Miß Kirkpatrick, nachbem ich sie schon längere Zeit mit voll= kommenem Rechte als meine Verlobte betrachtet hatte. Meine Unterrebungen mit Miß Gibson waren burchaus keine angenehmen, wie Sie selbst vermuthen wer= ben, wenn ich Ihnen sage, baß biese junge Dame es war, welche Miß Kirkpatrick bewogen, diesen letzten Schritt gegen mich zu thun. Ist durch dieses für mich ziemlich bemüthigende Geständniß Ihre Neugier nun befriedigt, Laby Harriet?" fragte er bitter.

„Harriet, mein Kind, Du bist zu weit gegangen," bemerkte Lord Cumnor. „Wir hatten nicht das Recht, uns auf diese Weise um Mr. Preston's Privatangelegenheiten zu bekümmern."

„Da hast Du recht, Papa," sagte Laby Harriet mit freundlichem Lächeln, dem ersten, welches sie Mr. Preston seit langer Zeit geschenkt, seit der Zeit nämlich, wo er vor mehreren Jahren, auf sein schönes Aeußere pochend, gegen sie einen Ton galanter Vertraulichkeit angenommen und ihr Schmeicheleien gesagt hatte, als ob sie seines Gleichen wäre.

„Mr. Preston wird mich aber entschuldigen, hoffe ich," fuhr sie immer noch in dem freundlichen Tone fort, der ihm die Ueberzeugung gab, daß er jetzt in ihrer Achtung einen weit höheren Standpunkt einnahm, als dies beim Beginn ihrer Unterredung der Fall gewesen. „Er wird mich entschuldigen, wenn er hört, daß die geschäftigen Zungen der Damen von Hollingford über meine Freundin Miß Gibson auf die unverantwortlichste Weise gesprochen und völlig ungerechtfertigte Schlüsse aus den Thatsachen jenes Verkehrs mit Mr. Preston gezogen haben, eines Verkehrs, über welchen er mir, wie ich mit großem Dank anerkenne, nun vollständig befriedigenden Aufschluß gegeben."

„Ich brauche Sie aber, Lady Harriet, wohl kaum zu ersuchen, diese meine Erklärung als eine rein vertrauliche zu betrachten?" sagte Mr. Preston.

„Ja wohl, versteht sich!" sagte der Lord, „darüber kann kein Zweifel obwalten."

Trotz dieser Bemerkung hatte der Lord gleichwohl nach seiner Heimkunft nichts Eiligeres zu thun, als seiner Gattin und Lady Curhaven die ganze Unterredung zwischen Lady Harriet und Mr. Preston zu erzählen, natürlich im strengsten Vertrauen. Lady Harriet hatte demzufolge von ihrer Mutter eine ziemliche Anzahl Vorträge über gute Manieren und Wahrung der persönlichen Würde mit anzuhören. Sie tröstete sich indessen damit, daß sie die Gibsons besuchte, und als sie die immer noch kränkliche Mistreß Gibson gerade schlafend antraf, kostete es ihr keine große Mühe, die nichtsahnende Molly zu einem Spaziergange zu bewegen, der sie zweimal durch die ganze Länge der Hauptstraße der Stadt führte. Dann verweilten sie eine halbe Stunde in Grinstead's Buchladen, und alsdann wollten sie einen Besuch bei den Schwestern Browning machen, die aber zu Lady Harriet's Bedauern nicht zu Hause waren.

„Na vielleicht ist es eben so gut," sagte sie, nachdem sie eine Weile nachgedacht. „Ich werde meine

Karte balassen unb Ihren Namen, Molly, barunter schreiben."

Molly war noch ein wenig verblüfft über die Art unb Weise, auf welche man von ihr wie von einem leblosen Gegenstande für ben ganzen Nach= mittag Besitz genommen hatte. Sie rief baher:

„Aber, Laby Harriet, ich gebe niemals Karten ab; ich habe gar keine, unb wenn ich beren auch besäße, so würde ich hier am allerwenigsten eine abgeben, hier, wo ich ein= unb ausgehe, wie es mir einfällt!"

„Lassen Sie bas nur gut sein, meine kleine Freunbin! Heute sollen Sie einmal Alles so thun, wie es bie Etiquette verlangt. — Wenn Sie nach Hause kommen," fuhr sie bann fort, „so bitten Sie Ihre Mama, uns einmal auf einen ganzen Tag zu besuchen; wir werben ihr ben Wagen schicken, so= balb sie uns wissen läßt, baß sie weit genug wieber hergestellt ist, um einen kleinen Ausflug machen zu können. Sie könnte auch gleich auf mehrere Tage kommen. Es ist für einen Genesenben zu bieser Jahreszeit nicht gut, sich, wenn auch in einem Wagen, ber Abenbluft auszusetzen. Unb somit leben Sie wohl, meine kleine Molly. Wir haben ein gutes Tagewerk vollbracht. Hollingforb," sagte sie, nachbem Molly sie verlassen, bei sich selbst, „müßte nicht ber Ort sein, für ben ich es halte, wenn sich bie öffentliche Meinung nicht binnen wenig Tagen zu Molly's Gunsten umgestaltet hätte."

Zehntes Kapitel.

Cynthia wird in die Enge getrieben.

Es dauerte ziemlich lange, ehe Mistreß Gibson sich von den Nachwehen ihrer Grippe erholte, und ehe sie wieder wohl genug war, um Lady Harriet's Einladung nach Cumnor Towers anzunehmen, kam Cynthia von London wieder zurück.

Wenn Molly beim Abschied von ihr geglaubt hatte, sie zeige sich nicht so liebreich und rücksichts= voll, wie sie von ihr erwartet, so bereute sie doch bei Cynthia's Wiederanblick diese Meinung sofort, denn sie begrüßten einander ganz mit der alten Vertraulichkeit, gingen, einander umschlungen hal= tend, hinauf in das Gesellschaftszimmer und saßen hier Hand in Hand neben einander. Cynthia's ganzes Wesen war ruhiger als früher, wo die Bürde ihres Geheimnisses auf ihrem Gemüth lastete und sie bald verzagt, bald leichtfertig machte.

„Diese Zimmer," sagte sie, „haben jedenfalls
etwas Trauliches und Heimisches, was sehr ange=
nehm ist. Ich wünschte aber, ich sähe Dich wohler
und kräftiger, Mama! Das ist das einzige Unan=
genehme. Warum hast Du mir nicht geschrieben,
Molly, und mich zurückgerufen?"

„Ich wollte es thun," begann Molly.

„Aber ich gab es nicht zu," unterbrach Mistreß
Gibson. „Du warst in London besser aufgehoben
als hier, und Du hättest mir doch nichts nützen
können. Deine Briefe waren sehr angenehm zu
lesen. Jetzt geht es mit Helenen besser; ich bin
ziemlich wieder wohl, und Du bist gerade zur rech=
ten Zeit nach Hause gekommen, denn Alles spricht
nun wieder von dem Wohlthätigkeitsball."

„Dieses Jahr aber werden wir nicht gehen,
Mama," sagte Cynthia in entschiedenem Tone. „Am
Fünfundzwanzigsten wird der Ball sein, nicht wahr?
Bis dahin bist Du noch nicht wieder wohl genug,
um uns hinführen zu können, Mama?"

„Du scheinst Dir wirklich vorgenommen zu
haben, mich für unwohler auszugeben als ich bin,
Kind," sagte Mistreß Gibson sehr ärgerlich, denn
sie gehörte zur Zahl derjenigen Leute, welche, wenn
ihre Krankheit blos geringfügig ist, dieselbe über=
treiben, dann aber, wenn sie bedenklich wird, sie
nicht eingestehen und dadurch Vergnügungen zum
Opfer bringen wollen.

In dem vorliegenden Falle war es gut, daß

ihr Gatte Verstand und Autorität genug besaß, um
ihr den Besuch dieses Balles, auf den sie ganz ver=
sessen war, zu verbieten. Die Folge dieses Verbots
aber war ein gesteigerter Grad von Verstimmtheit
und Niedergeschlagenheit, der seine Wirkung selbst
auf Cynthia, die sonst so heitere, witzige Cynthia,
äußerte, so daß es Molly oft nicht wenig schwer
ward, nicht blos sich selbst, sondern auch noch zwei
andere Personen bei nur einigermaßen guter Laune
zu erhalten.

Mistreß Gibson's Niedergeschlagenheit ließ sich
durch ihr Unwohlsein erklären; warum aber war
Cynthia so schweigsam, um nicht zu sagen, melan=
cholisch? Molly wußte es sich nicht zu erklären, und
zwar um so weniger, als Cynthia sie von Zeit zu
Zeit aufforderte, sie wegen einer unbekannten und
geheimnißvollen Tugend, die sie geübt, zu loben,
denn Molly glaubte in ihrer jugendlichen Unerfah=
renheit, daß nach jeder Ausübung einer Tugend die
Heiterkeit des Gemüths, durch die beifällige innere
Stimme unterstützt, steigen müsse.

Dies war aber mit Cynthia durchaus nicht der
Fall. Zuweilen, wenn sie ganz besonders verstimmt
gewesen, sagte sie:

„Ach, Molly, Du mußt meine Herzensgüte jetzt
eine Weile brach liegen lassen! Sie hat dieses Jahr
schon eine wundervolle Ernte getragen. Ich habe
mich so herrlich benommen — wenn Du Alles
wüßtest!"

Oder:

„In der That, Molly, meine Tugend muß wie=
der aus den Wolken herabsteigen! In London ward
das Aeußerste von ihr verlangt, und ich finde, daß
sie einem Papierdrachen gleicht, der, nachdem er eine
Weile hoch in den Lüften geschwebt, plötzlich wieder
fällt und sich in allerhand Gestrüpp und Dornen
verwickelt. Es ist das eine Allegorie, dafern Du
Dich nicht überwinden kannst, an meine außeror=
dentliche Herzensgüte während meiner Abwesenheit
zu glauben — eine Herzensgüte, die mir gewisser=
maßen das Recht giebt, jetzt mitten unter Mamas
Gestrüpp und Dornenbüsche hineinzufallen."

Molly hatte aber in der Angelegenheit mit Mr.
Preston in Bezug auf Cynthia's Hang, fortwäh=
rend auf ein Geheimniß hinzudeuten, welches sie
gleichwohl nicht gesonnen war zu offenbaren, einige
Erfahrung erlangt, und obschon sie sich dann und
wann zur Neugier angestachelt fühlte, so fanden doch
Cynthia's Anspielungen auf etwas im Hintergrunde
Verborgenes im Allgemeinen nur ziemlich taube
Ohren.

Eines Tages jedoch durchbrach das Geheimniß
seine Schale und kroch in Gestalt eines Heiraths=
antrages aus, welcher Cynthia von Mr. Henderson
gemacht und von ihr abgelehnt worden. Unter den
obwaltenden Umständen aber konnte Molly gleich=
wohl nicht einsehen, in wiefern sich hierbei eine
heroische Herzensgüte documentirt habe.

Die Offenbarung des Geheimnisses fand auf folgende Weise statt:

Miſtreß Gibſon frühſtückte im Bett. Sie hatte dieſe Gewohnheit angenommen, ſeitdem ſie an der Grippe gelitten, und demzufolge wurden ihr ihre Briefe allemal mit dem Frühſtück hinaufgeſchickt. Eines Morgens kam ſie zeitiger als gewöhnlich und mit einem offenen Briefe in der Hand in das Ge= ſellſchaftszimmer.

„Ich habe einen Brief von Tante Kirkpatrick erhalten, Cynthia,“ ſagte ſie. „Sie ſchickt mir meine Dividenden; Dein Onkel iſt zu ſehr mit Geſchäften überhäuft, um es ſelbſt zu thun. Aber was meint ſie damit, Cynthia?“ fuhr ſie fort, indem ſie ihrer Tochter den Brief hinhielt und mit dem Finger auf eine gewiſſe Stelle deutete.

Cynthia legte ihre Arbeit auf die Seite und heftete ihre Augen auf den Brief. Plötzlich ward ihr Geſicht purpurroth und unmittelbar darauf leichen= blaß. Sie ſah Molly an, wie um aus ihren ruhig heiteren Zügen Muth zu ſchöpfen.

„Nun, Mama,“ hob ſie an, „ich will es Dir nur ſagen. Mr. Henderſon machte mir, während ich in London war, einen Heirathsantrag, ich wies ihn aber ab.“

„Du haſt ihn abgewieſen und mir nichts davon geſagt! Erſt zufällig muß ich es hören! In der That, Cynthia, das iſt ſehr unrecht von Dir. Und darf ich fragen, was Dich bewog, Mr. Henderſon

abzuweifen? Einen fo feinen jungen Mann, der,
wie Dein Onkel mir fagte, ein fehr fchönes Privat=
vermögen befißt?"

„Aber, Mama, vergiffeft Du, daß ich verfprochen
habe, Mr. Roger Hamley zu heirathen?" fragte
Cynthia ruhig.

„O nein, das hab' ich durchaus nicht vergeffen.
Wie könnte ich auch, da Molly fortwährend mir
deswegen in den Ohren liegt. Wenn man aber er=
wägt, welchen Ungewißheiten diefes Project unter=
worfen ift, und daß es fich dabei gar nicht um ein
feft beftimmtes, endgültiges Verfprechen handelt, fo
möchte man faft glauben, Mr. Roger Hamley habe
gewiffermaßen etwas der Art erwartet."

„Was denn, Mama?" fragte Cynthia mit einer
gewiffen Schärfe des Tones.

„Nun, einen annehmbaren Antrag. Er muß doch
gewußt haben, daß Du Dich anders befinnen könn=
teft, daß Du vielleicht einen Mann kennen lernteft,
der Dir beffer gefiel, denn Du hatteft ja damals
erft fo wenig von der Welt gefehen."

Cynthia machte eine ungeduldige Bewegung, wie
um ihrer Mutter Einhalt zu thun.

„Ich habe nicht gefagt, daß Mr. Henderfon mir
beffer gefallen habe. Wie kannft Du fo reden,
Mama? Ich werde Roger heirathen, und damit hat
die Sache ein Ende. Ich wünfche, daß man nie
wieder mit mir hierüber fpreche."

Mit diesen Worten erhob sie sich und verließ das Zimmer.

„Sie will Roger heirathen! Das ist sehr schön gesagt, aber wer steht ihr dafür, daß er lebendig wiederkommt? Und sollte dies auch der Fall sein, so möchte ich doch wissen, wovon sie, wenn sie einander heirathen, dann leben wollen. Ich wünsche nicht, daß sie Mr. Henderson's Antrag — obschon ich überzeugt bin, daß dieser junge Mann ihr gefällt — ohne Weiteres hätte annehmen sollen. Treue Liebe muß freien Spielraum haben, aber Cynthia hätte ja diesen Mr. Henderson nicht definitiv abzuweisen gebraucht; wir hätten erst sehen können, wie die Sache abläuft. Wenn ich nur nicht dabei auch noch so kränklich wäre! Diese Mittheilung hat mir förmliches Herzklopfen verursacht. Ich nenne es sehr gefühllos von Cynthia gehandelt."

„Allerdings —" begann Molly, bedachte aber sofort, daß ihre Stiefmutter wirklich noch sehr schwächlich und nicht im Stande war, einen Protest zu Gunsten des richtigen Verfahrens ruhig zu ertragen. Sie brachte deshalb einige Mittel zur Stillung des Herzklopfens in Vorschlag und unterbrückte ihren Wunsch, ihrer Entrüstung über die gegen Roger beabsichtigte Falschheit Worte zu leihen.

Als sie jedoch mit Cynthia allein war und diese wieder von diesem Thema anfing, war Molly weniger barmherzig.

Cynthia sagte:

„Na, Molly, nun weißt Du Alles. Ich sehnte mich fortwährend, es Dir zu sagen, und gleichwohl konnte ich es nicht."

„Wahrscheinlich war es eine Wiederholung der Geschichte mit Mr. Core," sagte Molly in ernstem Tone. „Du warst angenehm, und Mr. Henderson nahm es für etwas mehr."

„Das weiß ich weiter nicht," seufzte Cynthia. „Ich meine, ich weiß nicht, ob ich angenehm war oder nicht. Er war sehr artig und zuvorkommend, aber ich erwartete nicht, daß die Sache ein solches Ende nehmen würde. Indessen, es kann nichts nützen, weiter daran zu denken!"

„Nein," sagte Molly einfach, denn nach ihrer Ansicht war der artigste und zuvorkommendste Mann von der Welt im Vergleich mit Roger wie nichts; dieser stand hoch über allen Anderen.

Als Cynthia, nachdem sie eine ziemliche Weile geschwiegen, wieder anfing zu sprechen, betrafen ihre Worte einen ganz andern Gegenstand und klangen ziemlich verdrießlich. Auch spielte sie nicht wieder in scherzend wehmüthigem Tone auf die von ihr in der letzten Zeit gegebenen Beweise von Tugend an.

Nach einiger Zeit war Mistreß Gibson endlich im Stande, der oft wiederholten Einladung, einige Tage in Cumnor Towers zuzubringen, zu folgen.

Lady Harriet sagte ihr, daß sie Lady Cumnor wirklich eine große Gefälligkeit erzeigen würde, wenn sie ihr in der Einsamkeit, in welcher sie sich jetzt

noch gezwungen sah, zu leben, Gesellschaft leistete,
und Mistreß Gibson fühlte sich durch das Bewußt=
sein geschmeichelt, daß man ihre Gegenwart wirklich
wünsche.

Lady Cumnor befand sich jetzt in dem Stadium
der Genesung, welches man bei vielen Kranken zu
beobachten Gelegenheit hat. Der Quell des Lebens
hatte wieder begonnen zu fließen, und damit waren
zugleich die alten Wünsche und Pläne wieder er=
wacht, die während der schlimmsten Zeit der Krank=
heit zu völlig gleichgültigen Dingen herabgesunken
waren. Dabei aber waren ihre Körperkräfte noch
nicht genügend, ihren energischen Geist zum Werk=
zeug zu dienen, und dies machte Mylady oft sehr
ungeduldig und reizbar.

Mistreß Gibson selbst aber war noch nicht kräftig
genug, um die Stelle eines souffro-douleur zu ver=
treten, und der Besuch in Cumnor Towers war
für sie im Ganzen genommen nicht so zufrieden=
stellend, wie sie erwartet.

Lady Curhaven und Lady Harriet, welche den
Gesundheitszustand und die Gemüthsart ihrer Mutter
wohl kannten, in ihren Conversationen miteinander
aber nur so leicht, als unbedingt nöthig war, dar=
auf hindeuteten, trugen Sorge, ihre Freundin Clara
nicht zu lange mit Lady Cumnor allein zu lassen.
Mehrmals aber fanden sie, wenn die eine oder die
andere ging, um sie abzulösen, daß Clara weinte,
während Lady Cumnor einen Vortrag über irgend

einen Punkt hielt, über den sie während der stillen
Stunde der Krankheit nachgedacht, und in. Bezug
worauf sie berufen zu sein glaubte, der Welt den
Kopf zurecht zu setzen.

Mistreß Gibson war stets geneigt, zu glauben,
daß diese Bemerkungen irgend einem ihrer persön=
lichen Fehler galten, und suchte denselben deshalb
so gut als möglich zu vertheidigen.

Am zweiten und letzten Tage ihres Verweilens
in Cumnor Towers hörte Lady Harriet, als sie in's
Zimmer trat, ihre Mutter in ziemlich aufgeregtem
Tone predigen, während Clara unterwürfig und
zugleich ärgerlich vor sich hinschaute.

„Was giebt es, Mama?" fragte Lady Harriet.
„Strengst Du Dich durch dieses viele und laute
Sprechen auch nicht zu sehr an?"

„Nein, durchaus nicht," entgegnete Mylady. „Ich
sprach blos von der Thorheit der Leute, welche
sich über ihren Stand kleiden. Ich erzählte Clara
von den Moden zur Zeit meiner Großmutter, wo
jede Klasse gewissermaßen ihr eigenes Costüm hatte,
wo weder Dienstboten den Bürgersleuten nachäfften,
noch Bürgersleute den gebildeten Ständen und so
weiter. Was thut nun diese sonderbare Frau hier?
Sie fängt auf einmal an, ihr eigenes Costüm zu
rechtfertigen, als ob ich sie beschuldigt oder auch
nur überhaupt an sie gedacht hätte. Kann man
sich wohl etwas Unsinnigeres denken? In der That,
Clara, Dein Mann hat Dich sehr verzogen, wenn

Du Niemanden sprechen hören kannst, ohne zu glauben, er meine Dich. Es ist ein eben so großer Beweis von Dünkel, wenn ein Mensch glaubt, seine Fehler seien den Gedanken Anderer stets gegen= wärtig, als wenn er meint, die Welt beschäftige sich fortwährend mit seinen persönlichen Reizen und Tugenden."

„Man sagte mir, dieser Seidenstoff sei im Preise herabgesetzt, und ich kaufte ihn erst, als die Saison vorüber war," sagte Mistreß Gibson, indem sie das sehr schöne Kleid, welches sie trug, berührte, wie um Lady Cumnor zu beschwichtigen, obschon sie dieselbe dadurch nur um so mehr reizte.

„Aber Clara, wie oft soll ich es Ihnen noch sagen, daß ich an Sie und Ihre Kleider eben so wenig gedacht hatte, als daran, ob dieselben viel oder wenig kosten? Ihr Mann muß doch das Geld dazu hergeben, und wenn Sie auf Ihre Garderobe mehr verwenden, als Sie sollten, so ist das seine Sache."

„Das ganze Kleid kostet mich nicht mehr als fünf Guineen," sagte Mistreß Gibson immer noch im Tone der Entschuldigung.

„Und sehr hübsch ist es," sagte Lady Harriet, indem sie sich bückte, um das Kleid zu betrachten, in der Hoffnung, die arme Gekränkte dadurch zu trösten.

Lady Cumnor fuhr jedoch fort:

„Ich dächte doch, Sie sollten mich nun besser

kennen, Clara. Wenn ich etwas denke, so sage ich's auch heraus. Ich klopfe nicht erst lange auf den Busch, sondern gebe meine Meinung in dürren, klaren Worten zu erkennen. Ich will Ihnen aber sagen, worin Sie wirklich gefehlt haben, Clara, wenn Sie es einmal wissen wollen. Sie haben Ihre Tochter so verzogen, daß diese selbst nicht weiß, was sie will. Sie hat sich gegen Mr. Preston ganz abscheulich benommen, und daran ist weiter nichts schuld als die fehlerhafte Erziehung. Sie haben viel zu verantworten."

"Aber Mama!" rief Lady Harriet, "Mr. Preston wünschte ja nicht, daß davon gesprochen würde."

"Cynthia — Mr. Preston!" rief gleichzeitig Mistreß Gibson in einem solchen Tone der Ueberraschung, daß Lady Cumnor, wenn sie eine geübte Beobachterin gewesen wäre, sofort gefunden haben würde, daß Mistreß Gibson von der Angelegenheit, auf welche sie hindeutete, auch nicht die mindeste Kenntniß hatte.

"Was Mr. Preston's Wünsche betrifft, so glaube ich nicht, daß ich verbunden bin, darauf Rücksicht zu nehmen, wenn ich es für meine Pflicht halte, auf Irrthümer aufmerksam zu machen," sagte Lady Cumnor in stolzem Tone zu ihrer Tochter. "Und wollen Sie, Clara," fuhr sie zu Mistreß Gibson gewendet fort, "mir sagen, Sie wüßten nichts davon, daß Ihre Tochter seit längerer Zeit, ich glaube, seit mehreren Jahren, mit Mr. Preston verlobt ge=

wesen ist, und daß es ihr endlich beliebt hat, ihr
Wort zurückzunehmen? Daß sie die kleine Gibson
— ich weiß nicht gleich, wie das Mädchen mit dem
Vornamen heißt — als Katzenpfote benutzt und sowohl sie als sich selbst zum Stadtgespräch von ganz
Hollingford gemacht hat? Ich erinnere mich, daß
ich, als ich jung war, ein Mädchen kannte, welches
allgemein die flatterhafte Jessie genannt ward. Sie
werden Ihre Tochter sehr zu hüten haben, damit
sie nicht auch einen solchen Namen davonträgt. Ich
spreche zu Ihnen als Freundin, Clara, wenn ich
Ihnen sage, daß nach meiner Ansicht diese Ihre
Tochter sich noch in vielerlei Unheil verwickeln
wird, ehe sie wohlbehalten unter die Haube kommt.
Nicht als ob ich mich um Mr. Preston's Gefühle
auch nur einen Pfifferling kümmerte. Ich weiß
nicht einmal, ob er Gefühle hat oder nicht, wohl
aber weiß ich, was sich für eine junge Dame schickt
und daß Flatterhaftigkeit sich nicht schickt. Ihr
könnt nun Beide gehen und mir die Dawson schicken.
Ich bin müde und möchte ein wenig schlafen."

„Aber wirklich, Lady Cumnor, ich glaube nicht,
daß Cynthia jemals mit Mr. Preston verlobt gewesen ist. Es war blos eine Liebelei aus früherer
Zeit, und ich fürchtete —"

„Schickt mir die Dawson," sagte Lady Cumnor
im Tone der Abspannung und indem sie die Augen
schloß.

Lady Harriet hatte in den Launen ihrer Mutter

zu viel Erfahrung, um nicht Mistreß Gibson faft
mit Gewalt hinweg zu führen, obſchon leßtere fort=
während betheuerte, ſie glaube nicht, daß an der
Sache etwas Wahres ſei, ſelbſt wenn die geehrte
Ladh Cumnor es ſage.

In Mistreß Gibſon's Zimmer angelangt, ſagte
Ladh Harriet:

„Nun, liebe Clara, will ich Ihnen die ganze
Geſchichte erzählen, und Sie werden ſie wohl glau=
ben müſſen, denn Mr. Preſton hat mir ſie ſelbſt
erzählt. Ich hörte, daß über ihn in Hollingford
allerlei hin und her geſprochen würde, und als ich
ihm zufällig auf einem Spazierritte begegnete, fragte
ich ihn, was Wahres an der Sache ſei. Er hatte
keine ſonderliche Luſt, mit der Sprache herauszu=
gehen, was am Ende bei einem Manne, der einen
Korb bekommen hat, nicht zu verwundern iſt. Er ſagte
uns jedoch Alles und ließ ſich dann von Papa und
mir verſprechen, Niemandem etwas davon zu ſagen.
Papa plauderte aber, und darauf gründet ſich das,
was Mama eben ſagte. Sie erſehen daraus, daß
es durchaus nicht aus der Luft gegriffen iſt.“

„Cynthia iſt aber mit einem Andern verlobt,
wie ihr denn auch kürzlich in London noch ein drit=
ter, und zwar ſehr vortheilhafter Antrag gemacht
worden iſt. Mr. Preſton iſt an Allem ſchuld.“

„Ich für meine Perſon glaube aber vielmehr,
daß die ſchöne Miß Cynthia den einen Mann —
um nicht zu ſagen zwei Männer — verlockt hat,

sich mit ihr zu verloben, und einen dritten, ihr einen
Heirathsantrag zu machen. Ich bin keine Freundin
von Mr. Preston, finde es aber doch ein wenig
hart, ihn zu beschuldigen, er selbst habe die Neben=
buhler erweckt, welchen er, wie ich glaube, es zu
danken hat, daß er den Korb bekommen."

„Das weiß ich weiter nicht. Mir ist es immer,
als wenn er noch einen alten Groll auf mich hätte,
und die Menschen sind gar so erfinderisch, wenn sie
ihre Rache kühlen wollen. Sie müssen doch zugeben,
daß, wenn er Ihnen nicht begegnet wäre, die werthe
Lady Cumnor jetzt nicht so ungehalten auf mich sein
würde."

„Sie wollte Sie blos wegen Cynthia warnen.
Sie hat es mit ihren eigenen Töchtern stets sehr
genau genommen und ist selbst dem leisesten Hang
zum Coquettiren allemal mit der größten Entschieden=
heit entgegen getreten."

„Cynthia coquettirt aber einmal, und ich kann es
nicht ändern. Sie macht sich deshalb keineswegs
auffällig, sondern hält sich stets innerhalb der Gren=
zen des strengsten Anstandes, das muß Jeder zu=
geben, der sie kennt. Sie besitzt aber dabei eine
gewisse Manier, die Männer anzuziehen — eine
Manier, die sie, glaube ich, von mir geerbt ha=
ben muß."

Mistreß Gibson lächelte hier ein wenig, und
würde ein bestätigendes Compliment nicht zurückge=

wiesen haben. Da sie indessen keins vernahm, so
fuhr sie fort:

„Ich werde jedoch mit ihr sprechen; ich will der
ganzen Sache auf den Grund kommen. Bitte, sagen
Sie Lady Cumnor, daß die Art und Weise, auf
welche sie über mein Kleid und alles Andere gespro=
chen, mich sehr schmerzlich berührt hat. Es kostet
wirklich nur fünf Guineen, während ich es früher
nicht unter acht hätte haben können."

„Na, lassen Sie das nur gut sein," sagte Lady
Harriet. „Sie sehen wirklich ganz fieberhaft aus.
Ich hatte Sie zu lange in der heißen Atmosphäre
des Zimmers meiner Mutter gelassen. Sie können
aber nicht glauben, wie sehr sie sich allemal freut,
Sie hier zu haben."

Dies war auch wirklich der Fall, trotz der fort=
währenden Lehren, welche Mylady der ehemaligen
Gouvernante ertheilte, und unter welchen diese sich
krümmte wie ein Wurm. Dennoch war es schon
etwas, von einer Gräfin ausgescholten zu werden,
und diese Erinnerung blieb, wenn der Aerger längst
vorüber war.

Hierzu kam, daß Lady Harriet sie mehr als ge=
wöhnlich hätschelte, um sie für das, was sie in dem
Reconvalescentenzimmer durchzumachen gehabt, zu
entschädigen, und Lady Curhaven sprach in ernst
gesetzter, fast gelehrter Weise mit ihr, was sehr
schmeichelhaft war, wenn sie es auch in der Regel
nicht verstand.

Lord Cumnor, der gutmüthige, stets gut gelaunte,
freigebige Lord Cumnor, war ihr dankbar dafür,
daß sie Mylady besuchte, und seine Dankbarkeit
gab sich in der handgreiflichen Gestalt einer Reh=
keule sowie einigen wilden Geflügels kund.

Als daher Mistreß Gibson, während sie in der
einsamen Majestät der Schloßequipage nach Hause
fuhr, auf ihren nun beendeten Besuch zurückblickte,
fühlte sie sich durch einen einzigen dabei vorgekom=
menen Umstand — Lady Cumnor's Unfreundlich=
keit —. schmerzlich berührt, und es beliebte ihr,
Cynthia als die Ursache davon zu betrachten, an=
statt, wie ihr von den Mitgliedern der vornehmen
Familie so oft empfohlen worden, anzunehmen, daß
die Mürrischkeit der Lady ihren Grund einzig und
allein in ihrem Gesundheitszustande habe.

Mistreß Gibson hatte nicht gerade die Absicht,
diese eine Unannehmlichkeit an ihrer Tochter heim=
zusuchen, und eben so wenig, ihr wegen einer noch
unaufgeklärten Handlungsweise, die sich doch viel=
leicht noch in gewissem Grade rechtfertigen ließ,
Vorwürfe zu machen; als sie aber Cynthia ruhig
im Gesellschaftszimmer sitzen sah, nahm sie mit nie=
dergeschlagener Miene in ihrem eigenen kleinen Lehn=
stuhl Platz und schaute ein wenig mürrisch vor
sich hin.

„Nun, Mama, wie befindest Du Dich? Wir er=
warteten Dich nicht so bald schon zurück. Laß mich
Dir Deinen Hut und Shawl abnehmen!"

„Ach," antwortete Mistreß Gibson in kläglichem Tone, „der Aufenthalt dort war kein so angeneh= mer, daß ich denselben zu verlängern gewünscht hätte."

„Wer war denn Schuld an diesem unerfreuli= chen Zustande?" fragte Cynthia arglos.

„Niemand weiter als Du selbst, Cynthia. Als Du geboren wurdest, hätte ich nicht geglaubt, daß ich jemals solche Dinge von Dir hören müßte."

Cynthia warf den Kopf zurück und ihre Augen begannen zornig zu funkeln.

„Was hat man denn dort mit mir zu schaffen? Was sagte man von mir?"

„Es wird überall von Dir gesprochen, und es ist daher nicht zu verwundern, daß es auch dort ge= schieht. Lord Cumnor gattert Alles aus; wenn Du nicht willst, daß die Leute von Dir sprechen sollen, so mußt Du besser bedenken, was Du thust, Cynthia."

„Es kommt darauf an, was die Leute von mir sprechen," erwiederte Cynthia und affectirte eine Gleichgültigkeit, die sie nicht fühlte, denn sie ahnte nun, was kommen würde.

„Wohlan, mir wenigstens gefällt es nicht," fuhr Mistreß Gibson fort, „was die Leute über Dich sprechen, und es kann mir durchaus nicht angenehm sein, von Lady Cumnor zu hören, was meine Toch= ter gethan, und mir dann noch eine Strafpredigt über ihr leichtfertiges Benehmen den Männern ge= genüber halten zu lassen, als ob ich damit etwas

zu schaffen hätte. Ich kann Dir versichern, daß mir
dadurch der ganze Besuch verdorben worden ist.
Laß mich! Rühre meinen Shawl nicht an! Wenn
ich auf mein Zimmer gehe, kann ich ihn selbst mit=
nehmen."

Cynthia sah sich in die Enge getrieben und setzte
sich wieder, während ihre Mutter abermals mürrisch
vor sich hin schaute und von Zeit zu Zeit einen
wehmüthigen Seufzer hören ließ.

„Aber willst Du mir nicht sagen, was man
von mir gesprochen hat?" hob Cynthia endlich wie=
der an. „Wenn man Beschuldigungen gegen mich
vorbringt, so darf ich doch wohl fragen, worin die=
selben bestehen. Da kommt Molly," fuhr sie fort,
als die Genannte, von einem Morgenspaziergange
zurückkehrend, in's Zimmer trat. „Molly, Mama
ist wieder da und erzählt mir eben, daß Mylord
und Mylady mir die Ehre erzeigt haben, über meine
Verbrechen und Missethaten zu sprechen. Soeben
fragte ich Mama, was man mir eigentlich vorwerfe.
Ich gebe mich nicht für tugendhafter aus, als andere
Leute sind, aber ich kann nicht begreifen, was so
vornehme Leute mit meiner Wenigkeit zu schaffen
haben.

„Sie thaten es nicht um Deinet=, sondern um
meinetwillen," entgegnete Mistreß Gibson. „Sie be=
dauerten mich, denn es ist nicht angenehm, ein Kind
zu haben, dessen Name in Jedermanns Munde ist."

„Wie ich schon vorhin sagte, es kommt ganz

darauf an, was von Jemand gesprochen wird. Stünde ich zum Beispiel im Begriff, Lord Holling= ford zu heirathen, so würde mein Name auch in Jedermanns Munde sein, Du aber würdest eben so wenig etwas dagegen haben, als ich."

„Hier aber handelt es sich um keine Heirath mit Lord Hollingford, und es ist daher abgeschmackt, so etwas zu sagen. Man erzählt sich, Du habest Dich früher mit Mr. Preston verlobt und weigertest Dich jetzt, ihn zu heirathen. Man nennt dies niedrige Coquetterie."

„Wünschest Du denn, daß ich ihn heirathe, Mama?" fragte Cynthia dunkel erröthend und die Augen zu Boden schlagend.

Molly stand in großer Aufregung daneben, ohne die Sache vollständig zu begreifen, und blieb blos deshalb auf dem Platze, weil sie hoffte, als Frie= densstifter oder dergleichen interveniren zu können.

„Nein," sagte Mistreß Gibson, durch die an sie gerichtete Frage in Verlegenheit gesetzt. „Natürlich wünsche ich dies nicht, denn Du hast Dich einmal mit Roger Hamley, einem sehr würdigen jungen Manne, eingelassen. Allerdings weiß Niemand, wo er ist und ob er noch lebt oder nicht. Wenn er aber auch lebendig wiederkommt, so hat er doch keinen Heller im Vermögen."

„Ich bitte um Entschuldigung," entgegnete Cyn= thia. „Ich weiß, daß er einiges Vermögen von seiner Mutter geerbt hat. Es ist vielleicht nicht

viel, aber ich weiß doch, daß er nicht ganz mittel=
los ist, und er wird sich Berühmtheit erwerben, die
ihm doch auch Geld einbringen muß."

„Du hast Dich mit ihm eingelassen, wie Du
etwas ganz gleicher Art mit Mr. Preston gethan,
so daß Du Dich dadurch in heillose Verlegenheit
gebracht hast, denn wenn nun ein wirklich annehm=
barer Bewerber, ein schöner, feingebildeter Gentle=
man mit hübschem Privatvermögen, auftritt, so
mußt Du ihn abweisen. Das Ende davon wird
sein, daß Du eine alte Jungfer wirst und sitzen
bleibst, und das würde mir das Herz brechen."

„Ja, das glaube ich auch," entgegnete Cynthia
ruhig. „Ich habe schon mehr als einmal daran
gedacht, daß ich wahrscheinlich aus dem Stoffe ge=
schaffen bin, aus dem die alten Jungfern gemacht
werden."

Sie sagte dies in ernstem Tone, mit einem An=
flug von Wehmuth.

„So lange Deine Geheimnisse wirkliche Ge=
heimnisse sind, mag ich dieselben nicht wissen," hob
Mistreß Gibson wieder an; „wenn aber alle Welt
von Dir spricht, so meine ich, ich müßte auch etwas
davon erfahren."

„Aber, Mama, ich habe ja gar nicht gewußt,
daß ich jetzt das Thema der Conversation bin, und
kann mir selbst jetzt noch nicht erklären, wie es zu=
gegangen ist, daß dies Alles besprochen wird."

„Ich weiß es auch nicht. Ich weiß blos, daß

man ſagt, Du ſeieſt mit Mr. Preſton verlobt ge=
weſen, und daß Du ihn eigentlich heirathen ſollteſt.
Daß Du ihn nun nicht nehmen willſt, dafür kann
ich eben ſo wenig, als ich dafür verantwortlich bin,
daß Du Mr. Henderſon abgewieſen haſt. Gleich=
wohl fällt der Tadel auf mich zurück. O, mein
Himmel, wie ungerecht iſt doch das!"

Miſtreß Gibſon brach bei dieſen Worten in
einen Thränenſtrom aus, und gerade in dieſem
Augenblick trat ihr Gatte ein.

„Du biſt wieder da, liebe Hyacinthe? Will=
kommen, willkommen!" rief er, indem er freundlich
auf ſie zuging und ſie auf die Wange küßte. „Wie?
Du weinſt?" ſetzte er hinzu und wünſchte im Stil=
len, daß er wieder fort wäre.

„Ja," ſagte ſie, indem ſie ſich emporrichtete und
um jeden Preis nach einem ſich ihr darbietenden
Schimmer von Sympathie haſchte, „ich bin wieder
da, und ich erzählte Cynthia eben, wie unfreundlich
Lady Cumnor gegen mich geweſen iſt, und zwar blos
um ihretwillen. Weißt Du ſchon, daß Cynthia ſich
mit Mr. Preſton verlobt und dann ihr Wort wie=
der zurückgenommen hat? Alle Welt ſpricht davon,
und man weiß es auch im Schloſſe."

Einen Augenblick begegneten Mr. Gibſon's Augen
denen Molly's, und er verſtand nun Alles. Er ſpitzte
den Mund, als ob er pfeifen wollte, aber er brachte
keinen Ton zuwege. Cynthia hatte, ſeitdem ihre
Mutter zu Mr. Gibſon geſprochen, ihr trotziges,

herausforderndes Wesen ganz verloren. Molly setzte sich voller Mitgefühl neben sie.

„Cynthia,“ hob Mr. Gibson in sehr ernstem Tone an.

„Ja,“ antwortete sie schüchtern und sanft.

„Ist das wahr?“ fuhr er fort. „Ich habe schon früher etwas davon gehört — nicht viel, aber es wird genug gewesen sein, um den Leuten Gelegenheit zu geben, davon zu sprechen, und genug, um es wünschenswerth erscheinen zu lassen, daß Du einen Freund und Beschützer habest, der die ganze Wahrheit kennt.“

Es dauerte eine Weile, ehe Cynthia antwortete: „Molly weiß Alles.“

Mistreß Gibson war ebenfalls durch das ernste Wesen ihres Gatten eingeschüchtert worden, so daß sie sich jetzt schweigend verhielt und nicht den in ihr erwachten eifersüchtigen Gedanken auszusprechen wagte, daß Molly ein Geheimniß gekannt, von welchem sie selbst nichts gewußt.

„Ja,“ hob Mr. Gibson in strengem Tone zu Cynthia gewendet wieder an. „Ich weiß, daß Molly von Allem unterrichtet ist, und daß sie um Deinetwillen, Cynthia, Verleumdung und üble Nachreden zu dulden gehabt hat. Sie weigerte sich aber, mir mehr zu sagen.“

„So viel aber hat sie Dir gesagt?“ fragte Cynthia in gekränktem Tone.

„Ich konnte nicht anders,“ antwortete Molly.

„Sie nannte aber dabei Deinen Namen nicht," bemerkte Mr. Gibson. „Sie glaubte wahrschein= lich, derselbe ließe sich verhehlen, aber ich errieth ihn sofort."

„Warum hat sie dann überhaupt davon ge= sprochen?" rief Cynthia mit einem gewissen Grade von Bitterkeit, so daß Mr. Gibson in gereiztem Tone antwortete:

„Sie mußte sich mir gegenüber rechtfertigen. Ich hörte, daß man wegen der Zusammenkünfte, die sie mit Mr. Preston gehabt, ihren guten Ruf angriff, und ich forderte sie auf, sich zu erklären."

Da Cynthia schwieg, so fuhr er fort:

„Du brauchst nicht auch noch die Ungroßmü= thige zu spielen, Cynthia, weil Du coquettirt und Molly's Namen derselben Gefahr preisgegeben hast, wie den Deinigen."

Cynthia hob ihr gesenktes Haupt empor, sah ihren Stiefvater an und sagte:

„Wie kannst Du so von mir sprechen, ohne ge= nau alle Umstände zu kennen?"

Er hatte sich ein wenig stark ausgedrückt, und wußte dies auch, dennoch aber konnte er sich nicht überwinden, es in diesem Augenblick einzugestehen. Der Gedanke an seine gute unschuldige Molly, die Alles so geduldig ertragen, hielt ihn ab, seine Worte zurückzunehmen.

„Ja," entgegnete er, „ich sage es. Du weißt, wie übel Schritte ausgelegt werden, die, wenn

auch nur ganz wenig, über die Grenzen der jung=
fräulichen Schicklichkeit hinausgehen. Und Du
kannst Dir denken, wie viel Molly in Folge dieses
Deines heimlichen Verhältnisses zu ertragen gehabt,
Cynthia. Es können milbernde Umstände vorhan=
den sein, dies gebe ich zu, aber Du wirst Dich
genau auf dieselben besinnen müssen, um Dein
Verhalten vor Roger Hamley, wenn derselbe zurück=
kehrt, zu rechtfertigen. Ich forderte Dich schon
vorhin auf, mir die volle Wahrheit zu sagen, da=
mit ich bis dahin, wo er kommt und ein gesetzliches
Recht erhält, Dich zu schützen und zu vertheidigen,
dies selbst thun kann.“

Es erfolgte keine Antwort.

„Eine Erklärung verlangt die Sache,“ fuhr Mr.
Gibson fort. „Allem Anschein nach bist Du mit
zwei Männern verlobt.“

Immer noch antwortete Cynthia nicht.

„Allerdings haben die Lästerzungen sich noch
nicht der Thatsache bemächtigt, daß Roger Hamley
Dein erklärter Liebhaber ist, aber wohl ist die Ver=
leumbung über meine arme Molly hergefallen, wäh=
rend Du doch eigentlich das rechte Opfer gewesen
wärest.“

„Papa,“ sagte Molly, „wenn Du alle näheren
Umstände wüßtest, so würdest Du nicht so zu Cyn=
thia sprechen. Ich wollte, sie erzählte Dir Alles
selbst, was sie mir mitgetheilt hat.“

„Ich bin bereit, Alles zu hören, was sie zu sagen hat," entgegnete Mr. Gibson.

Cynthia aber antwortete:

„Nein, Du hast Deinem Vorurtheil gegen mich Gehör geschenkt und zu mir gesprochen, wie Du nicht das Recht hattest, zu sprechen. Ich weigere mich, Dir mein Vertrauen zu schenken, oder Deine Hülfe anzunehmen. Man ist sehr grausam gegen mich," setzte sie mit zitternder Stimme hinzu, „aber ich hätte nicht geglaubt, daß auch Du es sein würdest. Ich werde jedoch Kraft finden, es zu ertragen."

Und nachdem sie dies gesagt, riß sie sich, trotz Molly's Anstrengung, sie mit Gewalt zurückzuhalten, los und verließ sofort das Zimmer.

„O Papa!" sagte Molly weinend und ihren Vater umklammernd, „gestatte mir, Dir Alles zu sagen."

Plötzlich aber fiel ihr ein, wie schwer es ihr ankommen würde, gewisse Einzelheiten der Geschichte in Gegenwart ihrer Stiefmutter zu erzählen, und deshalb schwieg sie wieder.

„Ich bin ebenfalls der Meinung, daß Du Dich gegen mein armes vaterloses Kind sehr unfreundlich gezeigt hast, lieber Gibson," sagte seine Gattin, indem sie hinter ihrem Taschentuche hervor auftauchte. „Ich wünschte, ihr armer Vater lebte noch, dann wäre alles dies nicht geschehen."

„Das ist allerdings sehr wahrscheinlich. Dennoch aber kann ich nicht begreifen, worüber Ihr,

Du sowohl als Cynthia, Euch zu beklagen habt. Sie hat bei mir die freundlichste Aufnahme gefunden, und ich liebe sie fast, als ob sie mein eigenes Kind wäre, obschon natürlich nicht so wie Molly."

„Das ist es eben!" rief Cynthia's Mutter. „Du behandelst meine Tochter nicht wie Dein eigenes Kind."

Mitten unter diesem Wortgefecht stahl sich Molly hinaus und ging, um Cynthia aufzusuchen. Sie glaubte dieser in den soeben ausgesprochenen Worten ihres Vaters: „Ich liebe sie fast, als ob sie mein eigenes Kind wäre," einen Oelzweig zu bringen. Cynthia hatte sich aber in ihr Zimmer eingeschlossen und weigerte sich, Molly die Thür zu öffnen.

„Ich bitte Dich, mach' auf," bat Molly. „Ich habe Dir etwas zu sagen — ich wünsche Dich zu sprechen — mach' auf!"

„Nein!" rief Cynthia. „Jetzt nicht. Ich habe zu thun. Laß mich allein. Ich will nicht hören, was Du mir zu sagen hast. Ich mag Dich gar nicht sehen. Später werden wir uns wiedersehen, und dann —"

Molly blieb ruhig stehen und überlegte, wie sie noch sagen sollte, um Cynthia zum Oeffnen ihrer Thür zu bewegen. Nach einigen Minuten rief Cynthia:

„Bist Du noch da, Molly?"

„Ja," antwortete Molly und hoffte, daß ihre Schwester endlich nachgeben würde. Gleich darauf aber ſetzte dieſelbe harte, gepreßte und entſchloſſene Metallſtimme hinzu:

„Geh'! Ich kann es nicht ertragen, daß Du draußen ſtehſt und horchſt und warteſt. Geh' hinunter; verlaß das Haus! Es iſt das Beſte, was Du jetzt für mich thun kannſt."

Ende des fünften Bandes.

Inhalt des fünften Bandes.

www.ingramcontent.com/pod-product-compliance
Lightning Source LLC
Chambersburg PA
CBHW030107030726
47498CB00007B/2287